居心地のいい場所へ

随筆集
あなたの暮らしを教えてください

3

居心地のいい場所へ

随筆集　あなたの暮らしを教えてください3

心はいつも旅の途中にある

もくじ

装画　花森安治
装釘　大島依提亜

居心地

谷川俊太郎

以前は机の前に座って原稿用紙に鉛筆で字を書いていましたが、それがワープロに変わり、パソコンに変わり、今では旅先のビジネスホテルの狭苦しいベッドの上でキーボードをたたくことも珍しくなくなりました。それと並行して書斎と呼べる部屋もいつの間にか家から姿を消し、私はＬＤＫの一隅で仕事をしています。分厚い重たい辞書を机の上で開く必要もなくなりましたし、参照したい資料もウェブ経由で最新のものが手に入りますから、詩や文章を書く場所を私は択ばなくなりました。

主な仕事にしている詩は短いものが多いので、腰をすえて書く必要があまりありません。自宅の机で書いていたころは、そこが一番落ち着いて書ける場所でしたが、十数年前から舞台で朗読したり対談したりする旅の機会が増えて、以前は落ち着けなかったホテルの一室でも、けっこう仕事ができるようになりました。目の前が隣の建物の壁だったらカーテンを閉めて、水平線が望める場所だったら窓を開け放して。しかしあまりに居心地のいい場所だと、仕事するのがいやになってしまいます。

二十年以上昔の話ですが、質問を三十三作って友人たちに答えてもらったことがありました。その中の一つはこういう質問です。「草原、砂漠、岬、広場、洞窟、川岸、海辺、森、氷河、沼、村はずれ、島――どこが一番落ち着きそうですか？」私自身は広場が好きで、カフェがあればテラスに座って道行く人々を眺めるのが、ヨーロッパなどに行ったときの楽しみの一つでしたが、今では日本でも、ピープルウオッチングするテラスには事欠かなくなりました。

しかし落ち着く場所と、居心地のいい場所は微妙に違いますね。いま私が一番落ち着く場所はベッドなんです。そりゃ自宅のベッドが一番身に合いますが、たとえビジネスホテルの狭苦しいものであっても、ベッドを見ただけで気がゆるみます。不眠に苦しむかたがたには申し訳ありませんが、私は要するに眠るのが大好きなのです。それではベッドは居心地もいいのかと言えばそこのところは微妙で、不眠の人々、それに眠らずに働いている人々を思うと、のうのうとベッドにいるのがどこか後ろめたい。自分の幸せに安住できないんです。

そんなこと言い出すとこの地球という場所が、現代ではすでに居心地の良くない場所だというこことになりかねませんが、今のところ地球からどこかへ引っ越すことが不可能である以上、我々は地球を居心地のいい場所にするよう努めるしかないでしょう。宇宙船の中で飛行士がふわふわ浮いている映像を時折見ます。面白そうですが文字通り落ち着きが悪そうですね。居心地もそうは良くないのではないでしょうか。

話のスケールを元に戻します。家の中でベッドの次に落ち着く場所はもしかすると厠かもしれません。昔から厠上《しじょう》はものを考えるのに良い場所の一つとされてきましたし、今では極めて清潔な場所になっていますから、居心地から言っても及第でしょう。

（2010年3月）

タイミとマッティのサマーハウス

保里正人

そのとき僕はレンタカーを運転して、ほとんど車のいない高速道路をヘルシンキから北に向かって進んでいた。買い付けで何度も訪れているフィンランドだが、こんなに北までやってきたのは初めてだ。初夏のこの季節、天気はそれほど良くはなかったけど、平坦な大地にどこまでも広がる森林の中を飛ばしていると、ときおり木々の間から大小さまざまな湖が顔をのぞかせてキラキラと輝き、僕の胸を躍らせてくれた。前を走る車にはパーソライネン家の人たち。いつも仕事を手伝ってくれているヒトミさん、旦那様のミッキ、かわいい子供たちが三人。僕たちはヘルシンキから車で四時間ほどのところにある、ミッキの叔母さん夫妻が所有するサマーハウスに招待されていた。

タイミ叔母さんにはいちど会ったことがある。彼女はピエクサマキという田舎町に住んでいるのだが、その日は姪孫ナナの誕生日を祝いにヘルシンキのヒトミさん宅に遊びに来ていた。

そして、はるばる日本からヒトミの友人がやってくることを知ったタイミは自慢のサヴォ地方の料理を僕たちに振る舞ってくれたのだ。メインディッシュはご主人のマッティが森でハントしたへら鹿のお肉。それをタイミがスポーツバッグで大事に抱えてヘルシンキまで運んでくれた。他にも夏のラップランドで車中泊しながら摘み集めたという貴重なクラウドベリーや、地元のおばさん友だちにも人気の手作りパンなどが食卓に並んでいた。それだけではない。当日、タイミは近所の美容室で髪を整え、ギリシャ旅行で見つけたという一番のお気に入りのドレスを着て待っていてくれた。はじめて挨拶を交わしたとき、かしこまってソファーに座ってはずかしそうに微笑んでいたタイミの姿を思い出すと、僕はいつも温かい気持ちになる。

車は舗装された道路を左に折れ、森の中の砂利道に入った。土煙を上げながら前を走るミッキの車とはぐれたら、絶対ひとりで帰れない。かれこれ一時間くらい夢中になって運転していると、突然目的地に到着した。キーを回してエンジンを切ると聴いたことのないような静寂に包まれていた。霧に濡れた深い針葉樹の森がそこまで迫り、僕たちの発するすべての音を呑み込んでいるみたいだった。車から降りるとクリーム色の小さな母屋の前でタイミとマッティが微笑んでいる。へら鹿ハンターのエピソードから想像していた森の男マッティは、思ったより小柄でまなざしのやさしい無口な叔父さんだった。そして今日のタイミはかしこまってなどいない。ハグして再会を喜び合うと、子供の頃から知っている本当の叔母さんのようだった。

「ここをあなたの家だと思って、好きなように過ごしてね」

小さな窓の薄暗い森のサウナ。汗をかいて飛び込んだ誰もいない湖。その湖にボートを浮かべて釣ったきれいな魚。ちゃぽんと音がして広がる波紋。鏡みたいな水面に映る森。雨と霧。浮かんでいた水草。足下で折れる小枝。水を汲みにいった小さな井戸。真夜中のポーチから聞こえた森の息づかい。

タイミとマッティからのギフトは、東京に暮らす僕の中でいまも静かに広がっている。


（2007年11月）

古い家の記憶

井上荒野

武蔵野の自然が豊かに残る土地が気に入って八年ほど住んでいる。古い借家があちこち不便になって家を探しはじめて、昨年の今頃、近所で古い家が売りに出ているのを見つけた。庭が広く、北側には雑木林を背負っている。それにしてもこの家、あんまりぼろすぎるんじゃないのと私は最初ごく消極的だったのだが、内見の日に玄関のドアを見たところで、購入をほとんど即決してしまった。木製の、とてもきちんと作られた感じのドアで、家の中のあちこちの造作にも同じ印象があった。

売り主さんは八十歳を越えたご老人で、二人のお嬢さんはとうに独立し、奥様にも先立たれてひとり暮らしになっていたが、いろいろ不自由が出てきたので、お嬢さんの家に近いホームに移ることにしたそうだ。私たちが家を取り壊さず、直して住むつもりだと聞いてとても喜んで、家を建てた設計士さんを紹介してくださった。その設計士さんは、ご老人の甥御さんなのである。

不動産屋が家を壊して土地を二分割して売りましょうと言ったのを、この設計士さんが止めさせたとのことだった。「僕が今までに建てた家はまだ全部残ってるんですよ」と得意そうに仰った。「あの荒れ放題の家を見て、買う気になったあなたはえらいです」とほめてもくれた。かくして彼の親身な、採算度外視の助力の下、古家は奇跡のように再生した。

もともとの家の造りが気に入ってのリフォームである。ダイニングとリビングとを仕切る引き戸を一カ所撤去しただけで、間取りはほとんど変更しなかった。床やドアや階段など、木の部分は表面を削ってクリーニングしたのみですべて残した。だから家のあちこちにはかつての家族がつけた傷や染みやへこみも残っていて、それは私たちにとって好ましい味わいだが、目にするたびに不思議な気持ちにもなる。

三十年前、この家を建てたとき、あのご老人は私とほぼ同じ年頃であっただろう。私が仕事部屋にしている部屋、夫の部屋は、お嬢さんたちの部屋だった。彼女たちは今私よりも少し上くらい、それぞれの暮らしを営んでいることだろう。

私と夫が食事しているのと同じ場所で、若かりし日のあのご老人と、奥様と、二人のお嬢さんがテーブルを囲んでいたことを思い、その情景はいつ消えたのだろうと考える。ある日突然消えたのではない、子供の成長や親たちの老いにしたがって、次第に消えていったのだ。私たちだっていずれは年を取り、永遠にこの家で生き続けられるわけではない。この世の理《ことわり》が何か生々しい実感としてたちあらわれる——新居で暮らしはじめた感慨としては、いささか奇妙なものだけれど。

庭には見事な柚子の木があり、これは妻が丹精していたのでできるなら切らないでほしいのです、とご老人が言った。もちろん私たちに否やはなくて、降るようについた実で私は今年ジャムを煮た。甘酸っぱい香りはきっと三十年前もこの家の中に満ちていただろう。せめて今このときを記憶にとどめるために、私は目の前の光景に目を凝らした。

（2010年5月）

最期の霜とり

森村泰昌

私の仕事場に古い冷蔵庫がある。小学生の頃にやってきた、我が家で最古参の電気冷蔵庫である。同じ昭和30年代、さまざまな「電気仕掛け」の製品が家庭に押し寄せて来たが、当時のテレビや洗濯機は早々と引退し、もう跡形もない。電気冷蔵庫だけが残り、現役であり続けた。ウチにはむろん、他にも冷蔵庫があるのだが、それらにまじり最長老もがんばってきた。

昔の冷蔵庫が、今の製品と異なる大きな点は「霜とり」である。昔のタイプは、製氷機あたりが凍りつき、それが次第に成長して、一年間放置しておくと、冷蔵庫という名の箱庭に見事な冬景色ができあがる。しかしこの氷の美をめでているばかりではいけない。あまりに霜が付きすぎると冷蔵庫が破裂しそうになるからである。そこで私は恒例行事として、毎年、大晦日に、この古い冷蔵庫の大々的な霜とりをする。

ドライヤー、ドライバー、木槌、千枚通し、バケツ、雑巾、それに、お湯が必要なので電気ポット。こういうなかなか大層な装備を配し、約3時間かけて入念に霜とり行事を務める。手荒なことをすれば、冷やすための重要な装置部分を傷つける可能性もある。時間のかかる大手術を行う外科医のような心境で、地道に霜を除去していく。

昨年の大晦日にも、いつものように霜とりを行った。しかし、今回はこれまでとは違った霜とりとなった。というのも、2010年12月31日をもって、この我が家で最古参の冷蔵庫の電源を切ろうと決意したからである。古い冷蔵庫は、電源を一度切ってしまうと、調子が狂い駄目になってしまうらしい。この噂を信じている私にとって、電源を切ることは、冷蔵庫に「死」を迎えさせる行為に思え、ずっとこれを避けて来た。

しかしどんなものにも限界がある。数年前から冷蔵庫の扉の白い外壁に茶色と黒の混じった斑点が現れ出し、その数がこのところ、急に増えてきた。扉を開閉する取っ手もグラグラである。折しも、古い電気製品やガス器具が発火して大事故につながるという事件を耳にするようになり、「そろそろかな」と次第に悩み始め、昨年の大晦日、「そろそろにしよう」という結論に至ったのである。

フィルム4本、ワイン3本、レミー・マルタンの小瓶、黄金糖飴2袋、「珈琲中毒」という不思議なネーミングの飴3袋。以上が冷蔵庫に入っていた。それらを取り除き、霜もなくなってすっきりした冷蔵庫の内側を、あらためてながめてみた。

角が優雅にアールを描く昔ながらの白いホーローの内壁、扉との間のパッキンの役目をする淡いブルーのゴム部分。外壁の傷み具合とは対照的に、内側はほぼ正常で、清潔かつ若々しかった。一瞬、もう一年くらいなら働けるかなという想いがよぎった。しかし、決心を翻すのは潔いことではない。やおら私は冷蔵庫の後ろ側をまさぐってコンセントをはずした。

明るかった冷蔵庫の中のライトが消えた。今年の暮れには、私はもう霜とりをする必要はないだろう。

（2011年3月）

ささやかな実験住宅

中村好文

長野県、浅間山麓に広がる高原野菜の畑の中に、レム・ハット（Lemm Hut）と名付けた私の山荘があります。レムは、北欧に棲息するレミング（Lemming）という鼠の略称、ハットは、英語で小屋という意味ですから、直訳すれば「鼠小屋」ということになります。もともとは私の干支の子年にちなんだ命名ですが、山荘を訪れる人は、その粗末なたたずまいを見て、「名は体を表すものだ」としみじみ納得するようです。

事実、板張りの外壁に勾配の緩い片流れ屋根を載せただけの簡素この上ない建物は、「山荘」と呼ぶより「小屋」と呼んだ方がずっと似つかわしいのです。小屋には水道も、電気も、ガスも引かれていないと書いたら、この小屋の暮らしが、どれほど慎ましく、また、貧しいものか容易に想像できるでしょう。

そう、私がこの小屋で一番したかったこともこのこと。すなわち、「慎ましく暮らすこと」

「貧しく暮らすこと」に尽きるのです。ただし、この小屋の「慎ましさ」と「貧しさ」には、「エネルギー自給自足」という、ちょっとした筋金が入れてあることを言い添えておかなければなりません。

簡単に言うと、この小屋は、現代の住宅に不可欠だと考えられている電気や、電話や、上下水道や、ガスなどの文明の命綱＝ライフラインで繋ぐことをせず、ソーラーパネルや風力発電で電気をまかなったり、屋根で集めた雨水を使ったりすることで、ライフラインを断ち切った実験住宅なのです。

これまでは、人の住む家に電線や水道管などの「線」や「管」が引き込まれ、その数が一本一本増すごとに、住宅の文化度、文明度は上がってきたと言えると思いますが、これからの時代は、逆に、その「線」や「管」を一本一本外していくことが、住宅のテーマや課題になるだろう……というのが私の持論（予想？）で、この小屋では、身をもってその実験をしているところです。

小屋の傍らに盆踊りの輪の中心にあるような櫓《やぐら》を据え付け、その上には中古品のウィスキー樽が載せてあります。屋根で集めた水をいったん地中のタンクに溜め、その水を手押しポンプでこのウィスキー樽に汲み上げ、水圧を利用して給水する仕組みです。一方で、その樽を太陽光発電のパネルで覆っています。直射日光を当てたいモノで、直射日光を当てたくないモノを覆う一石二鳥のアイデアです。さらに、この櫓には風力発電のための風車も取り付けてあります。エネルギータワーともいうべきこの櫓があることで、小屋は遠くから見ても、エネルギーを自給自足している「働きものの小屋」であることが、はっきり見て取れます。

その感じがちょっといいんです。

小屋を普請してから2年ほど経ちますが、こうした自給自足の暮らしを続けるコツは、地球環境だ、エコロジーだと大上段に構えず、「遊び半分」で愉しみながらやることです。このささやかな生活の実験から、私は、未来に向かう住宅の新しい可能性が少しずつ見えてくるような気がしています。

（2007年9月）

みどりの友だち

ぱくきょんみ

住んでいる町には程よくみどりが点在する。庭木のある家は塀越しに、ベランダで育つ草花たちは柵越しに、みどりの手を伸ばしている。

四季折々に変化する植栽は、駅までの往来、ふだんの買物、たんなる散歩の際でも目を愉しませ、気持ちを和ませてくれる。

あ、お早う。

うん、今朝は冷えこんだね。

みどりの手に向かって、わたしはゆっくり胸の内をひらいていく。歳を重ねるごとに、そのみどりたちの働きかけに感応することにいまさらながら喜びを覚える。

道ばたに草がはびこる。わたしの手にもぎゅっと力がこもってたくましくなるではないか。

木々が空へ枝を広げている。そうだ、もういちど深呼吸してかんがえてみようではないか。

花が咲き、実を結ぶ。色っぽいなあ、見惚れるなあ、あたらしい生命を産み出すってうらやましい。

みどりの友だちは、なにもみどりの季節だけのつき合いとは限らない。

一陣の木枯らしに吹かれて、まさに黄枯茶《きがらちゃ》いろになった季節は、一年の巡りにしずかにひたれるころで、散歩をしていても格別の想いに彩られる。裸の木々の枝ぶりに惹かれ眺めていると、そのシルエットにすでに不在の実が見えてきて、ちょっと足を止めてしまう。そんなとき、みどりの友だちは耳に囁いてくる。

カリンの木だよ。

ええ、ついこのあいだまで、あんなに大きな黄いろの実がなっていたのに。

夏ごろはまだ小ぶりのみどりの実だったでしょ。

濃いみどりの葉っぱの色といいコントラストでね。

その夏から秋へ、ことのほかあくせくしていた我が身の日々を思い返す。カリンがふくらみ、あざやかに色づくのを見届けようともせず、ただ足早に去っていった縮んだこころに痛いものが刺さっている。

泰然とした気分に、枯葉がかそこそと転がってくるので、足を速めるけれど、不在の黄いろ

い実は大きくこころを占めていく。ざくざく切られて蜂蜜漬けになったのだろうか。それとも
まだ実のままでいて甘やかな香りでだれかをまどろませているかしらん。

住む方へ踵《きびす》を返すと、冷気にきらめく陽射しが頬につっつっと伝わる。

ふっと人影が浮かび、目をしばたたくと、近所の方がユズを盛った籠を抱えて微笑んでいる。

みどりのつるんとした葉っぱも残され、それでユズの黄いろがみずみずしく映えわたり、取り
巻く空気だけが水彩画の階調のように滲んでいる。

昨年ちょうだいしたユズ酒、いけますね。

黄いろがきれいで嬉しくなります。

先に引き出したユズの皮をお風呂に入れてポカポカ。

うちは、また刻んで料理に散らして食べてしまいます。

こうして、みどりの友だちとの語らいはつづく。少し気づいたこともあり、ユズ酒のレシピ
を書き直してみた。


（２００７年１月）

もぐらが来た

馬場あき子

今年は暖冬だった、朝から明るい青空が広がり、朝寝坊の私はたいへん機嫌のいい朝を迎えている。夜の間にちょっとおしめりがあったような朝は特別に気分がいい。というのも、去年末に両眼とも白内障の手術を受け、視野が殊に明るくなった上、光彩に敏感で、碧や紫の光がほんのりと視界に満ちている。そのせいか朝夕の風景が殊にも美しいのである。

世の中暗い事件ばかりが報道されているのに、こんなに外界が美しくていいのだろうか、などと思っていたが、ある朝、雨戸をさっと開けると、いつもの美しい光彩を帯びた庭にぎょっとするような異変が起きていた。玄関脇から部屋沿いに五十センチとか一メートル置きぐらいに醜く土が盛り上がり、春には緑を回復する苔も台なしに、無惨に掘り返されている。

「もぐらだ!」じつに久しぶりの光景である。ほぼ二十年ぶりにもぐらが庭中を走りまわったらしい。調べてみると家のまわりに十箇所くらいにもぐら穴があいている。これはもぐらが地下道を掘りながら所々に土を掻き出したものである。どうして今頃になって、もぐらが出てきたのだろう。早速に植木屋さんに来てもらい対策を立てる。どうやら、すぐそばにある某社の社員用グラウンドのハウスが建て直されることになったため、解体の地響きに驚いて移動して来たにちがいないということになった。

もぐらは光に弱くてほとんど眼が見えないが、とても大食漢だという。まずはその好物のみみずを餌にしてもぐら罠を仕掛けることにした。罠はごく簡略なもので、口径十センチ、長さ三十センチくらいのブリキの円筒に、一度入ったら出られないようにヘラ状のものをつけ奥に餌を入れて、もぐらの通路に置いておく。

待つこと三日、何ともぐらは餌だけを取ってみごとな罠ぬけをやってくれた。その上これみよがしに庭中に地下道を掘りめぐらし、土を掘り上げてある。野良猫がやってきた。決まった時間にこの庭を横切る顔なじみの猫だ。もぐらの土を嗅いでいる。何だか胡散臭い顔をしてしばらく立ち止まり、去って行った。植木屋さんはもぐらがいるのは土がいい証拠だと、何年もその手で手入れをしてきた土を自慢しほめてくれた。

それから何日かして梅が咲いた。頭のいいもぐらを取りあぐねて、私と植木屋さんはまた相談を重ねた。人間はまったく利己主義で、たかが一、二匹もぐらが居る庭に我慢がならない。

その顔を見たこともないが、もし子育て中だったら、大食いのもぐらは一日中地中を掘りまわって、餌のみみずや虫の卵を見つけるのに大変なはずだ。可哀そうだなあ、と思うもののやっぱり不当な闖入者《ちんにゅうしゃ》のようで同居はいやなのだ。春になればもっと活動は激しくなる。ちっぽけな庭に、さらに椿が咲き、桃が咲くとき、その下にもぐらの道があることが、どうしても許せないのである。

「じゃあ、ガスを使おうか」と植木屋さんが言った。「えっ、ガス」。その瞬間、私はアウシュヴィッツを思い、庭の地下道でもぐらの一家が惨死している光景を想像してぞっとした。そんならやっぱりもぐらと同居したほうがましである。この春もぐらはどのくらい庭を走り回るだろう。「よし、許してやるとも」と呟くと、気持ちもやっと落ち着いたようだ。木蓮の蕾もすこうし膨らんで、「ずいぶん時間をかけたねェ」と笑ったような気がする。

（２００７年３月）

石の街での日々

内藤美弥子

旧市街に入ると、急に頬《ほお》の肉が激しく揺れ、車のシートから体が浮き上がる衝撃を感じた。窓の外を見ると、まっ黒いうねった石畳の道が始まっていた。車線もなにも関係なく、少しでも前に出た方が勝ちのレースのように、どの車も先を争っている。運転する主人の横顔も、この勝負に参加できて嬉しそうに見えた。私は「なんだか大変そうなところに来たなあ」と心の中でつぶやいた。今から8年前、結婚してまもなくの私のローマでの生活が始まった。

その頃は、生活のペースをつかむ事もまだあまり出来ておらず、やきものの事と家の事をどんなふうに両立していこうかと思っていた。そして結婚当初主人に言われた事も気にしていた。「やきものをしっかりやらないとね」この言葉は私の心を見抜くようで、誰に言われるよりドキッとした一言だった。仕事としてやきものをしっかりやる事が私に出来るのか、能があるのかないのか、努力すればできる事なのか、長い間私が悩んできたことだった。この転勤の間に、ものをつくることから離れることで、そのことを考えてみようと思った。外国での暮らしをじっくり味わう事と、イタリアにある本物の美しいものをできるだけ沢山見ることで、自分の気持ちもリセットできたらと思った。

ローマで私たちが住んだのは、ユダヤ人地区と言われる、旧市街の中でも庶民的な生活感のある界隈だった。家は亀の噴水のある広場に面した16世紀に建てられた邸宅の中の一部で、大家さんの一族の名が刻まれた重厚な入り口をくぐると、中庭のモノクロのフレスコ画が美しかった。冷たい大理石の階段ホールを毎日のように朝市の買物をぶらさげて上り下りする自分が、現代人であるのが不思議だった。部屋に入ればきれいに改装された快適な暮らしがあるのに、一歩外に出てどっしりと重たい石を積み上げた建物の間を歩きはじめると、とたんに歴史の重みが心の中にまで入ってきて、気持まで重くなる気さえした。

日々の用事をしながら教会を巡り、毎日違う道を歩いて、少しずつお気に入りの地域を見つけていった。

ジュリア通りは教皇がバチカンに通うために作った道で、車の通りが少なく静かで、両側には立派な邸宅が並び、藤のつるがトンネル状にからまって美しかった。コロナーリ通りは細い道に金細工やアンティークの店が続いていて、ウインドーから職人さんの仕事ぶりを眺めたりした。

ローマ以外にもパルマやミラノでの暮らしも経験した。一大観光地のローマとは一味違い、落ち着いた、知的で豊かな街での生活で、この国の奥深さを知った。地方の小さな街に行っても石造りの旧市街が残っていて、中心にはその街の宝物である教会と小さな劇場が必ずあり、しっとりとした雰囲気が感じられる。年月を経た遺産の上に住まわせてもらっているという、イタリア人の敬意を感じた。

はじめは私を悩ませた石畳も、ローマに帰って来たなあと懐かしさを感じるまでになった頃、私のイタリアでの生活が終った。それぞれの街の空気や音やにおいは、今でも心に残っている。石の街は私に、そこにあるという事実、存在そのもの、手でさわり同じ空気にふれていることを実感させてくれた。


（2007年5月）

足立山

牧野伊三夫

郷里の小倉に足立山という山があり、ずっとみて育った。高さが六〇〇メートルほどのなだらかな傾斜の山だ。その昔、和気清麻呂という人が、京から宇佐へ向かう途中に暗殺されかけて足に傷を負い、この山の泉で傷を治したという伝説から、この名がついたらしい。中腹の妙見宮には、清麻呂が自分を助けてくれた猪に腰かけた像が建っている。

東の方角にあるので、太陽や月はその山際から南の空へとのぼっていく。さそり座やオリオン座もここから現れる。夏はあのへんから、冬はあのへん、というふうに今でも憶えている。漫画家の松本零士さんが「銀河鉄道９９９」を描くとき、この山から空にのぼっていくのをイメージしたと聞いたことがある。

四年前に東京から鎌倉に引っ越して、中古の住宅を買い改築してアトリエをつくった。経験したことのない大きな買い物だったから、下見にきても買う決心がつかず、さんざん迷っていた。

ところがそのとき、夕暮れ時で窓のむこうの源氏山からまるい月がのぼってきた。ああ、なんというういい風景だと思ったとき、ようやく決心がついた。それは、足立山の月の記憶とどこか重なるところがあったからなのかもしれない。

絵を描くとき、画布のまえで、どう描きすすんだらよいものかと筆が止まってしまうことがよくある。そんなとき、ふと足立山を想い出すことがある。あの山はきっと、僕が絵を描いていくうえでの原風景となっているのだろう。

昨年から北九州市が発行する情報雑誌の編集を手伝うことになり、長期で郷里へ帰ることが多くなった。東京の美術学校へ行ったあとは、たまにあわただしく帰省するばかりだったが、いつか郷里で腰をすえて絵を描きたいと思っていた。そんなわけで、ことしの春、小さなアトリエをつくることにした。

祖父が建てた木造二階建てのアパートが、ながらく空き部屋になっていたので、そこを貸してもらうことになった。昭和三〇年頃の建物で、漆喰がはがれて土壁がのぞいていたり、窓枠が菱形に変形したりしている。六畳と三畳、小さな台所という間取りで、風呂はない。近所にあった銭湯が閉鎖してしまったため、なかなか借り手がないが、大きな窓があって居心地がよく、絵を描くのには実に都合のよい空間だ。古びているので、油絵の具や溶き油をとばして汚しても大丈夫とのことなので、絵に没頭することができる。

とはいえ、ホコリだらけなので、まず掃除にとりかかる。台所の窓は油汚れで黒ずんでいたが、クレンザーをつけ、タワシで何度もこすると杉の美しい木地が現れた。いたんだ畳は雑巾がけをして、ビニールをかぶせて、ござを敷いた。最後に押し入れのふすまや部屋の仕切りのガラス戸をとりはずすと、柱が一本あるだけの広々とした空間になった。

一息ついて、ふと昔、祖父に風呂に入れてもらったときに、背中を流したことを想い出した。ごしごしと強くこすれというので、これでどうだと子供ながらにありったけの力をこめてタオルでこすった。そういえば、この古い部屋を磨いたのは、祖父の背中を流すようであった。

僕はさっそく画材店にイーゼルを注文して部屋の真ん中にすえてみた。二〇号の白いカンバスをのせてみると実にいい。窓から足立山がみえ、ところどころに山桜が白く咲いていた。

（2007年7月）

お二階のみーちゃん

大竹昭子

猛暑に見舞われたこの夏、いつもは断固冷房を拒否している私も、命の危険を感じてクーラーのスイッチを入れた。部屋の空気が固まってしまうのがいやで、窓は開けっぱなしにし、同時に扇風機もつけるという、はなはだ非合理的な方法でクーラーと折り合いをつけたのだが、そんなある夕方、ふとベランダを見るとレースのカーテンの裾のあたりが三角形に突き出ていた。なんだろうと見るとカーテンの後ろに猫がいる。彼女の鼻がひっかかってカーテンが尖っているのだ。

私は猫を飼ったことがない。犬なら子供のころから何度も飼ってきたが、猫とは縁がなく、したがって愛着もあまりないのだが、そのときカーテンを開けて見知らぬ猫を迎え入れたのは、鼻先に布きれをくっ付けたまま、声もあげずに待っていた彼女の律義さにほだされたからである。

猫の模様のついた首輪をしていて、毛並みもきれいで、大事にされているのがわかる。勝手にみーちゃんと呼ぶことにした。

二度目はベランダからでなく、開けておいた玄関ドアの隙間からすたすたと入ってきた。その当然のような態度にちょっとむっとした様子をすると、つぎからは入る前に入口で声をかけるようになった。ミャーと鳴くので、どうぞ、と言うと、はじめて入ってくる。部屋では一通り見まわして、決まった角に体をこすりつけ、扇風機の前に横になる。完全に寝そべってしまわず、胸から上は立てて、横向きのスフィンクスのような格好で風に当たる。

ずっと見ているわけにいかないので私はパソコンの画面にもどるが、途中で気になって体をのけぞらせて見ると、さっきの場所を移動して姿が見えない。玄関のほうにもいないのでどこだろうと思っていると、ベランダのほうからきょろきょろしている私の背中をじっと見つめていたりする。何の気配ももらさずに空間移動が出来てしまうところが実に不思議だ。

来るのは決まって夕方である。昼間は暑くて出たくないのか、ご主人が家にいて和気あいあいとやっているのか、日没近くになると二階からやってきて控えめな声をあげるのだ。いったい何がおもしろくてこの部屋に来るのかわからない。長居するわけではないから、気分転換なのだろうか。あるいは夕方になると、ご主人の帰りをまちわびるのが切なくなるのかもしれない。その証拠にちょっとでも外で音がすると耳がピンと立ち、背中をまっすぐにして玄関を見つめるのである。

猫というのはもっと気ままでご主人のことなど無関心だと思っていたから、こんな律義な猫もいるのかと驚いたのだったが、それにしても、うちでくつろいでいるときのみーちゃんの、図々しいというのとも、ちゃっかりというのともちがう独特の空気感は、なんとも形容しがたい。こんなふうに他人の家にするっと入ってきて、しばしそこの空間に染まることができたら、どんなに楽しいだろうと思わせる自然さがあって、これはやっぱり猫ならではのものだとうなずき、憧れるのである。

（2008年1月）

コロニヘーヴ

イェンス・イェンセン

都心に住むことはたくさんのメリットがある。まず、買い物が便利。刺激的な仕事がたくさんある。交通機関も充実している。文化やアート、音楽や映画、いつでもどこでもあらゆる情報に触れ体験できるのは、都心の最大の魅力だと思う。

ただ、自然と離れ人工的な環境のみに囲まれて暮らすと、自然の素晴らしさに気づかぬうちに過ぎてしまう。デンマークの実家は小さな田舎町なので、僕は小さい頃から自然と共存することが当たり前だった。実家には広い庭があり野菜や果物は自家栽培。特に洋梨、木いちご、ブラックベリーの木がたくさん茂っていて、食べきれないときは母がよくジャムを作り、地下の食料倉庫にたくさん保管していた。

東京の大都心の生活に憧れ、東京での生活が6年ほど経ち、どこか自然とのふれ合いが希薄になっているのを寂しく感じ、去年6月から、「コロニヘーヴ」を日本で実現するプロジェクトを始めた。

コロニヘーヴとは、デンマークに1800年代からある、週末や休みの際に行く家庭菜園。日本と違い、野菜を栽培するだけではなく、簡単な調理や、1泊～2泊宿泊できるような小さな小屋も必ず建てられる。芝生の上に昼寝したり、友達を呼んでBBQ《バーベキュー》をしたり、子供と一緒に遊ぶのもコロニヘーヴの重要な役割だ。

このようなコロニヘーヴがいくつか同じ場所にできると、職場や年齢やバックグラウンドが全く違う人とのつながりもでき、「コロニ」＝コロニー（またはコミュニティー）＆「ヘーヴ」＝庭、要するにお庭のコミュニティーができる。

デンマークでは、都心から自転車で行ける距離のコロニヘーヴが多いのだが、僕が今回初めて試みたコロニヘーヴは東京から電車で1時間半ほど離れた、自然がとても豊かな小田原市の江之浦というところ。もちろん近い方が気軽に行けていいのだが、ちょっと遠くまで行くのもいいことがある。毎日の生活から離れリフレッシュできるし、地域の皆さんと一緒に新しいプロジェクトを始めることによって、ネットワークが広がる。また、日本には荒れている農地がたくさんあり、コロニヘーヴとして使えるのであれば、ぜひ浸透していく事を願っている。間違いなく地域の活性化にもつながるからだ。

本当のコロニヘーヴは、小さな畑（庭）と小屋がいくつかあるものだが、僕が作った日本初のコロニヘーヴは江之浦の皆さんにコロニヘーヴの概念を理解してもらう為にも、一つ参考例としての庭も作ることにした。２００坪ほどある（一人では管理しきれない、ちょっと広すぎた！）庭と3坪しかない小さな手づくりの小屋。小屋の周りにデッキを作り、今後はピザやパンを焼ける石窯も作る計画。

畑仕事や野菜と果物の収穫をし、とりたて野菜をグリルで焼き、新鮮サラダを食す。ジャムやリキュールの保存食を作る。忘れかけていた自然とのふれ合いがちょっとずつ身近になり、日々楽しく暮らしている。

（２００8年9月）

引っ越し

高橋みどり

　昨年秋に引っ越しをしました。ちょっと手狭だと感じていた以前の家は、作りと立地、眺めのよさといい、とても愛着があったので、なかなか次へ移り住めませんでした。そんなときに、知り合いの方が長年使われた仕事場を引きはらうというので、即座に譲り受けることを決めました。ご縁のある引っ越しと喜んでいます。

　しかしこの引っ越しというのは、なんともエネルギーを必要とし疲れるものです。ようやく荷物をつくったと思えば、今度は出す作業の日々。まだ不馴れな、どこかよそよそしく感じる新しい家の中での作業は黙々と続きます。ようやく最後の一箱に手をかけたときに、ふとどこからか、いいにおいがしてきました。気がつけば外はもう暗くなっていて、それは夕ごはんの支度をしているよその家のにおいだったのでした。不思議とじんわり温かい気持ちになりました。廊下へ出てみると、たくさんの人たちで成りたつ集合住宅の家々に、灯りがともりはじめています。「なんだ……悪くないな、小さな村みたい」と思うと、この家に親近感がわいてきました。

新しい家はオープンキッチンとでもいうのでしょうか、台所に立つとすべての部屋を見わたせる位置にあります。今までは部屋に背中を向けてという形だったので、この見わたしながら炊事をするというのはとても気分がいいものです。

朝はいつも、まずはやかんでお湯を沸かして紅茶のしたくをし、片手鍋に水をはり煮干しをいれる。そしてお米をといで炊飯の準備をする。やれやれ……朝の紅茶一杯を口にするころには、片手鍋で煮干しがほどよく踊りだす。炊飯の火加減をし、煮干しをひきあげて具をいれる。もう一度紅茶に手をのばすときには、ごはんの炊けるいいにおいがしてくる。蓋をあけ、炊け具合を確認して火をとめ蒸らす。片手鍋に味噌をときいれる。最後に海苔をさっとあぶり、ばりばりっと折りたたみ切りわける。朝ごはんの準備は、所変われど同じリズムで体が動きます。とりあえず棚に収めた道具や調味料は、いつもの動きの中で少しずつ軌道修正され使いやすい所に収めなおしていきます。そしてある日気づくのです、体がこの台所の一部になったようにスムーズに動いていることを。それは同時に、ようやくこの家が自分にとって居心地のよい場所になったということなのです。

朝刊を取りに外へでると、肌寒く感じる空気のなか、干物を焼くにおいや出汁のかおり、目玉焼きやトーストのにおいがしています。中庭をはくほうきの音、ゴミだしをするビンのぶつかる音、慌ただしく家を飛びだすドアの音や車のエンジンのかかる音。朝の始まりに、我が家の洗濯機の音がくわわります。すっかり冷めきった最後の紅茶をのみほしながら新聞を読み、今日一日の計画をたてます。

いつもの朝が始まり、毎日が積みかさなってゆく。「ただいま」と扉を開ければ、どこよりもほっとするわが家がそこにある。いつのまにか私も、この村の一員になっているのでした。

（2009年1月）

庭の時間

吉谷桂子

30代の頃は、早朝から日暮れまで、食事の時間も惜しいほど、休みなく庭仕事に没頭できた。しかし、50代になり、朝から作業を始めると、午後にはグッタリするようになった。すぐに「お茶にしよう」と思いつく。

春は一年でもっとも忙しい。庭の木々がどんどん芽吹き、植物が待ったなしで生長する。同時に春は講演や取材など、仕事の予定もびっしりだ。日暮れまで自由な日は限られているので、その日のうちに庭の心残りを解消したい。だが、午後になると、肉体というより気力が萎える。クリエイティブに庭を作り上げるための判断力が鈍り、うろうろするばかりだ。

私の敬愛する園芸家、名著『カラー・バイ・デザイン』の著者、ノリ・ポープ氏が「園芸とは、美学としての暮らしに基づく」と語る。

もちろん園芸は、草花に対する愛情や栽培技術が大切だ。しかし、それと同じくらいに、美しい花を一層美しく引き立てて見せる技術やセンス、実行力が重要で、それを園芸文化という。長らく英国に住み、このことを痛感した。

日本にも〝花好き〟は多いけれど、美とは無縁に植物と植木鉢が無節操に並ぶ景色を目にする。そこには、花で風景を作るという美意識がないし、植物に対する独占欲丸出し。その点で、私も危ない……。人の振り見て我が振りなおせと言い聞かせるが、自分の植物コレクションを、美しく育てコーディネイトするのは至難の業。ことに植物は、増やすのは楽しいのに、刈り込みや株分けなど、引き算の作業がめんどうだ。枯れかけた植物をどこで見切るか。決断力や想像力、それを実行するにも気力が要る。話がそれるが、自分のクローゼットの中身も同じ。洋服を新しく買うのは楽しいのだが、古い服の見切りは気が重い。「本当のエレガンスは引き算にある」と思う。庭もクローゼットも、増えがちな要素を減らし、すっきりとできたら、さぞ素敵でしょうに！

大いなる引き算の必要性に今日も頭を抱えるが、心の合い言葉は「いつか、そのうち」。特に服は腐るものでなし、後回しにできる。だが庭は待ったなし。繰り返すようだが、園芸は、肉体労働と同時に空間の創造、アートの作業であり自己表現でもある。季節ごとに大きく変化する自然環境と融通し、独自の発想、美意識、根気、バランス感覚など、あらゆる人間力が必要な、生きた植物による絵画作りなのだ。庭は屋外なので、他人の目にも入る。きれいに花が咲いていれば、見ず知らずの方から褒めて頂くこともある。褒められると嬉しくなって、もっと美しくしたいと思う。

だがこの際、庭でお茶でも飲みながら、「本当は、庭をどうしたいのか」について、いいえ、今の自分が、これから先、本当はどうしたいのか。じっくり考える時間の方を大切にするべきなのだ。今はもう、何も考えないで突っ走れるほど若くはない……。結局、人生は葛藤の繰り返しと知る。

（2009年3月）

摩訶不思議な現象

向井万起男

私には摩訶不思議としか思えない現象がある。ダイエット本が常に巷に溢れていることだ。痩せる方法なんてことをどうして誰かに教わる必要があるんだろう？　〝食わなきゃ痩せる〟。これに尽きるというか、核心はこれだけだと私は思うんだけど。こんな簡単なことがわからない人が世の中にはホントにいるんだろうか。でも、いるんでしょうね。ダイエット本が次から次へと出版されているんだから。

私はダイエット本を一冊も手にしたことがないので、巷に溢れているダイエット本に何が書いてあるのかまるっきり知らない。ちなみに、もし私にダイエット本を書いてくれという依頼が来たら（絶対に依頼は来ないと思うけど）、すぐに断る。〝食わなきゃ痩せる〟の一言じゃ本になりっこないから。それにしても、巷に溢れているダイエット本には一体何が書いてあるんだろう。けっこうな量の文章が書いてあるとしか思えない厚さの本ばかりだけど。

私は61歳だが、身長も体重も胸囲も腹囲も20歳の時とまるっきり同じ。一時は太っていたのだが、こりゃヤバイと思い、2カ月で9キロ落として20歳の時の体重に戻そうと決心した。そして、計画通りに2カ月で9キロ痩せた。方法は実に簡単。食う量を減らしただけ。その後も、いわゆるリバウンドなんて一切なし。チョット体重が増えたら、すぐに食う量を減らせばイイだけのことだから。……そうそう、世の中には、〝私はそんなに食べてないのに体重が増えちゃうのよ〟とか、〝オレは食べる量を減らしているのに全然痩せないんだよなぁ〟なんてタワケタことを言う人がいますねぇ。そういう人は自分が食べてないと思ってるだけでホントは食べてるんだって。どうしてそんな簡単なことに気付かないんだろう。これも私には摩訶不思議としか思えない現象だ。

そういえば、生活習慣病を防ぐための方策についても、私には摩訶不思議としか思えない現象がある。

まず、ハッキリさせておきたいことがある。生活習慣病は、その名が示す通り、体に良くないことを毎日のようにしてしまう習慣が原因の病気だ。ということは、生活習慣病を治したかったら、その習慣をやめればイイだけのことになる。実に簡単なことだと私は思うけど。ところが、生活習慣病を治すためにスポーツジムに週に2～3回通う人とか、ゴルフを週に1回する人がいる。まぁ、そうしたことは、やらないよりはやった方がイイことは私も認める。そして、生活習慣病とは無関係に、健康を維持するためにイイことも認める。でもやっぱり、私には、そういうことをしている人に言いたいことがある。

健康を維持するために一番イイ方法は、生活習慣病の原因の逆をやることに尽きますって。つまり、体にイイことを毎日のようにする習慣を身につけること。たとえば、自宅で体操を毎日欠かさず30分やるとか。……これって、お金がかからないというイイ面もありますよ。ちなみに、私は自宅でヨガを毎日30分している。

（2009年5月）

武相荘

牧山桂子

両親が人生の大部分を過ごした家、又私が育った家を、武相荘《ぶあいそう》として公開してから、八年の月日が経とうとしております。

武相荘という名称も、私が子供の頃には、時折両親が口にしているのを耳にした事がありますが、彼等の晩年には殆ど死語に成っておりました。我が家だけに通用するもので、外に向かって言われるものではなかった様です。私の想像では、面白がって自分の家に武相荘と名付けて見たものの、その遊びに飽きてしまった様です。それ故か、今でもこの家を、武相荘と呼ぶのに、多少の抵抗があります。

母が亡くなると、「人が住まなくなると家は荒れる」という先人の言葉通りに、武相荘は日に日に精気を失い、時々雨戸を開けて空気を入れ替えるという様な事では追い付かなくなって来ました。ふと気が付いてあたりを見回して見ると、私の子供の頃には、あちこちに点在していた茅葺き屋根の家々は、その材料の調達や人手不足の問題からか、殆ど姿を消しておりました。武相荘を壊してしまうのも惜しく、両親の事はともかく、茅葺き屋根の家を公開すれば、昔の暮らしと、その周辺の景色を懐かしんで下さる方達が訪れて、ゆっくりとした時間を過ごして下さるかも知れないと思い、また、入館料をいただければ、家の維持も出来るかも知れないという助平根性もありました。

公開しました所、たくさんの方達が訪れて下さる様になりました。同時に両親の事も勝手に一人歩きし始め、既に私の手に負えなくなりつつあります。父はイギリス帰りのジェントルマン、母は骨董の目利きの文筆家、という様な具合です。それらも武相荘という名称と共に、私には「こっぱずかしい」ものです。

色々な方達が訪れて下さり、嬉しい事も多々ありますが、悲しい思いをする事もしばしばです。この様な親をもった子供達はどんな人に成る、また成ったのだろうと思います。住宅地ゆえ、近隣の方達にも多大な迷惑をおかけして申し訳ないと思います。私にとっても、武相荘を公開しなければ心に浮かんでこなかっただろう両親の事を思い出したり、考えたりする良い機会に成りました。良かった事も、良くなかった事もありますが、彼等が両親で良かった事を一つだけ取り上げてみたいと思います。あたり前の事かも知れませんが、人間を一人一人、その背景や関係を別にして見る事が出来るという事です。

五年ほど前に私共の息子が結婚いたしましたが、彼女の事も息子の結婚相手ではなく、一人の人間として接する事が出来て幸せだと思います。彼女の考えは、彼女の育った環境もそうであった様に、子供は三世代の中でこそちゃんと育つと言うもので、子供の誕生と共に我々と同じ屋根の下に引っ越して来ました。母の非常に親しい友人であった高名な免疫学者の多田富雄先生が、最近週刊誌に、「三世代同居だったら、今の家庭問題の大半は起こらなかったでしょう」と書いておられます。我が家には家庭問題は起こらないだろうと思うと、嬉しくなります。

（2009年7月）

いつもの散歩道

堀井和子

17年住んだ家から引っ越しすることになり、荷物を段ボール箱に詰める作業を続けている。やってもやっても終わらないような気がして毎日夕暮れの頃には頭も体もぼうーっとなってしまう。もうこれ以上何も考えられない、何も手につかない状態になるのだ。朝型なので、6時起床で8時前から始め、夕方6時くらいまで作業する。疲労困憊と思いつつも、その後いつもの散歩道をひと巡りして帰ると、少し元気が回復してくる。

5月初め、我が家のまわりは樹木の新緑が目に鮮やかな季節。ナニワイバラという一重の白いバラも満開を過ぎて、濃い紫のアヤメや甘いベージュのカキツバタも新緑とのコントラストが美しく印象に残る。週末に主人と歩く散歩道には、季節ごとに樹や草の様子を見たい箇所ができて、新芽や花の頃を楽しみに待つようになった。

石の階段を上がった中学校のフェンスにからまった白い藤の花も2年前に見つけ、見事だったので足を向けたが、校舎の建て替えのため工事の白い板で囲われていた。あの藤棚はもう見ることができないのかと諦めつつ近付いてみたら、白い板の上にこんもり一房だけ白い藤の花と緑の蔓が目に入った。

初夏の夕暮れ時、神社のあたりを歩いていると、ふと、どこからともなくスイカズラの甘い香りが漂ってくる。引っ越したら、もうこのあたりをしょっ中散歩できなくなるという今年の5月、やっとスイカズラの蔓を見つけられた。家の北側を上っていくと、梅の木に囲まれた三角形の畑があって、2月は梅の花の香りが澄んだ冷たい空気の間にフワッと漂い、4月頃はいろいろな野菜や菜の花が黄色を広げて美しい。

この三角畑のあたりでよく3匹の柴犬を連れたおばあさんと出会った。茶柴と黒柴の子犬たちは3匹なのに、実に上手に淡々と歩調を合わせ、皆、連れ立って散歩を楽しんでいる様子だった。年を重ねるうちに成長して、ここ数年はだいぶ年老いたようにも見受けられた。年老いた一匹は脚を痛めたのか、歩きにくそうに、それでも懸命に片脚を使い、あとの二匹はゆっくりと合わせるように散歩していたのが、二匹になり、さらに最近はほとんど見かけなくなった。引っ越しの5日前の夕暮れ、三角畑脇のクヌギの樹のあたりで黒柴一匹とすれ違った。その黒柴は年とっていたけれど、ものすごくいい表情をしていた。おばあさんとも柴犬たちとも言葉を交わしたこともないのに、10年以上の間、散歩の折にこのあたりで出会うのが楽しみだった。知らない柴犬なのに懐かしくて懐かしくて目の縁が熱くなった。

家の前の大きな樹は欅より少し遅れて新芽が吹き出し、一年のうちで力強く前へ進む力に溢れた色を見せてくれる。左側に大きく枝を張っていた柳も大好きだったのに3年くらい前に枯れて切られてしまった。柳の樹の様子を季節ごとに見られなくなったから引っ越しの決心がついたような気がする。

散歩で出会った樹や花、柴犬たちのことが、私たちにとって何だかどうしようもないくらい温かくて大事な記憶となっている。

（2009年7月）

ローズマリーの元気

外　須美夫

朝、玄関に小さな鉢植えが二つ置かれていることに気づいた。十センチほどの草のような植物が手のひらサイズの鉢に植えられている。細長いマッチ棒か爪楊枝のような葉の群れが勢いよく上に向かって伸びている。それは妻が職場に持っていくようにと準備してくれたローズマリーだった。「疲れた時に匂いを嗅ぐと元気が出るのよ。こんな風に指で触れると匂うよ、ほら」と、妻が教えてくれた。葉裏に匂い袋が隠されているらしい。確かに指で葉をつまんでみると独特の香りが漂ってくる。静かに奮い立たせるようなみどりの匂いが立ち上ってくる。元気を出しなさいというローズマリーの声が届いてくるようだ。

一年前に東京の町田市から福岡市に引っ越して来た。子供たちは東京に残ったし、飼い猫も引っ越し騒ぎで行方不明になってしまったので、二十数年ぶりに妻と二人だけの生活に戻った。家は山沿いにあり、騒音もほとんどない。二人だけの家ではあるが、我が家の庭には多くの植物や虫たちが生きている。小鳥や蝶々も寄ってくる。先日、妻が我が家にどれだけの植物があるかノートに書き出したら、ちょうど八十種類の名前が挙がった。ほとんどが引っ越し後のこの一年のうちに植えた草木であるが、いくつかは東京から運んだものもある。近所の人に譲ってもらった花もあれば、植木市や園芸店で購入した草木もある。どこからか風に吹かれて飛んで来て住み着いた草花もある。

そんな草木花の中に、母が亡くなった後に郷里の鹿児島から東京へ移し、今度は東京から福岡に持ち帰った雪柳や万両がある。根付くかどうか心配したが、雪柳は今年も純白の花を春先に咲かせてくれた。雪柳を見るといつも、細かった母の姿が重なってくる。庭には斎藤茂吉の里である山形に行った時に記念に買ってきた蔵王のナナカマドもあり、秋月《あきづき》城址の萩や小郡《おごおり》ロードレース大会に出た時にランニンググッズと並んで売られていたギボウシもある。

昨年の十一月に義母が亡くなった。義母は月が好きだった。桜島の山際から昇る月や錦江湾の海面に映る月光を眺めるのが好きだった。義母の病状が進む頃、近所の植木市で見かけた月光という名の山法師の立ち姿がいかにも迷いなくまっすぐであったため、我が家の庭に月光が加わった。まもなく義母が亡くなった。義母が帰泉したその日の早暁に、月光の木の上から満月の光のしずくが穏やかに静かに降り注いでいた。今年になって、その月光がなかなか咲かない。街路樹の山法師はすでに満開を終え散ってしまったのに、我が家の山法師は咲く気配さえみせない。あきらめかけた頃、花びら（実際は総苞）がぐんぐん大きくなって、うす緑から次第に白色へ変わっていき、七月に入ってとうとう木全体が白化粧をした。月光の木と白花を見ると義母の立姿と笑顔が重なってしまう。
ローズマリーは、今も私の職場の窓際で、時々わたしに触れられながら匂いを出している。元気を出しなさいという声と同時に、植物のようにあせることなく自然流でいこうよと語りかけてくれる。

（２００９年９月）

母のような母になった日

石川博子

最近我が家に子犬がやって来ました。ミニチュアシュナウザーのメス、アデです。現在高校生の娘が小学生の時から「犬が飼いたい」と言い続けていたのでした。

自分の子供の頃を思い起こしてみると、「飼いたい」の言い出しっぺは私でも、最終的に（やっかいな）世話をしていたのは母だったので、この家では「その母が私？」と思うと、なかなか「よし、飼おう」とは言えず、ずーっと、なんだかんだとはぐらかして来たのです。それでも「見るだけね」と、時々ペットショップを覗いたりしていました。

ケージの中からじっと見上げる、黒いボタンのような目にやられて、なぜか私が我慢できなくなって飼って（買って）しまったのは、最近の話。やはり子供のころ犬を飼っていた主人は、「ぬいぐるみじゃないんだからな」と否定論者。彼には、お店から寝耳に水の事後報告をしたのでした。

さて、いざ実際に家の中で飼ってみると、頭でのイメージとは違う事がなかなか多いものです。よそのワンちゃんを観察すると、飼い主さんとお行儀よく並んでお散歩、家の中でも、かわいくおとなしく、それが私のイメージでした。

しかし、（とりあえず）アデは違いました。帰るなりいきなりケージの中で、「そんなに跳ぶと足をくじくよー！」というジャンプの出迎え、近寄ると嬉ションをし、しかもそれがケージの外に漏れ、そりゃもう最悪です。ケージの外に出したら出したで、人のズボンの裾に噛みつくので歩きにくいし、だっこすると顔中を舐めまわすし、時には自分のうんちを舐めていた口で私を舐めようとしたり……もうぐちゃぐちゃです。

外でのお散歩も、どんどん先に行こうとするので、首輪で窒息するのではないかと思うくらいヒーヒー、ゼーゼー、車が通れば止まって腹這い、人が通ると飛びつこうとし、犬と出会えば吠え、はっきり言って、恥ずかしいったらありゃしません。

ここのところ少しは良くなったとは言え、アデと私たちとの、まったり穏やかな一家団欒がいつになったらできるのでしょう。

主人は、よく私に、「博子がアデのお母さんなん・だ・か・ら・ね」と、まるで僕は面倒見ないよと言わんばかり。娘はアデの体力に圧倒され、やや敬遠。朝晩のご飯やお散歩、トイレシートの始末などは、おのずと私の役目になっています。しかし、実は一番嬉しそうに、かわいい、かわいいと接しているのは主人だったりするんです。お風呂に入れたり、自分の仕事場につれてったり、私の帰りが遅い時は、散歩に連れてったり。

でもそんな時は、わざわざ玄関にメモがおいてあったりします。「アデ、散歩に行きましたよ。ゴハンも食べましたよ」。笑っちゃいます。娘が赤ちゃんだった時を思い出しました。もちろん、本当の言い出しっぺの娘も、私たち二人が留守の時など、たんたんと面倒を見てくれているようです。実は家族みんなが飼いたかったようです。

ようこそ、アデちゃん。子犬が来て、母のような母になった気がする私です。

（2009年9月）

玩物喪志

柏木　博

長年使ってきた庖丁がどうしたことか切れなくなってしまいました。気がついてみれば、刃の巾が新しかったときの半分とはいかないまでも、三割ほど細くなっています。いわゆる牛刀が刺身庖丁のような形になってしまったといえばいいでしょうか。研いでいるうちに細くなってしまったのです。これまでは研ぐと久しく切れ味が良かったのですけれど、今回は、研いでも二日ほどしか使えません。家内が刃物屋さんで聞いてきたところ、長年使って庖丁の刃がなくなってしまったためだろうとのことでした。刃が細くなってしまったとはいえ、庖丁の形は保っています。なんとはなく捨てるには忍びないものです。加えて、刃物をゴミとして出すことは危険なのではないかという気分があって、どう処理したものかと悩んでしまいます。

この庖丁で、家内が魚を三枚におろして食卓に載せてくれたときは、とても贅沢な気分になりました。そんな記憶もこの庖丁にまとわりついています。なんとか修繕できないものかと思いますが、無理なようです。

庖丁にかぎらず、壊れたり破れたりしたものを繕って使うのが、わたしは好きです。だいたい「繕う」という言葉がなかなか良いと思います。糸偏に善。本来「つくる」という言葉と同義です。

ものへの思い入れが、わたしは少々強いのかもしれません。でも、あわてて強調しておきますが、研いでいるうちに刃がなくなってしまう程度の庖丁を使っているのですから、とりたてて高価なものを好むなどということは、もとよりありません。ただ、自分が使うものに、どこかしら愛着あるいはいとおしさを感じてしまうのです。このように、ものへの思い入れが強いことへの戒めとして「玩物喪志」という言葉があります。「物を愛玩して大切な志を失う」という意味で、ものを愛玩することへの批判をこめた言葉です。ものへのこだわりを戒める文化が生んだのでしょう。なかなか味わいのある言葉です。玩物喪志とは、わたしのことを指しているのではないかと思ったりもしています。ついでながら、「玩物喪志」をもじって『玩物草子』という小さな本をつくりました。わたしと家内が使っている持ち物を、ヴィジュアルを中心に編集した本です。ふたりの持ち物は、わたしたちにとって、多少なりとも心地のよい生活をするためのものだといえばいいでしょう。

繕うということに話をもどしましょう。木製のお皿を数年前に、床に落として欠いてしまいました。最近、その欠けたところに、まったく違う色の木で継ぎをあてて修繕しようと思っています。それで繕うための木切れを作っているのですが、それを削りすぎたりで失敗続きです。なかなか調整が大変だということが次第にわかってくるところが面白くもあります。結局、継ぎ跡が少々不細工になってしまうかもしれません。けれどもその不細工さを楽しもうと、いわば居直っています。

冒頭の庖丁の修繕はあきらめました。でもこれの処分に相変わらず悩んでいます。

（2010年1月）

愛犬

木本文平

「ジョン&ビリー」、これはミュージシャンのグループ名ではない。我が家の愛犬の初代と当代（二代目）の名前である。彼らは、単なるペットではなく私と家内、そして二人の娘とを繋ぐ、いわば鎹《かすがい》として重要な役割を担ってくれている。

初代ジョン（ミックス）は、十七年間にわたって番犬として家族を守ってくれた。フィラリアにかかったが、手術をすれば助かるだろうとのことで、小学生だった娘たちに相談をした。娘たちは眼に涙をためて、「私たちのお年玉の貯金から費用を出してジョンを助けて！」と言ってくれた。もちろん娘たちの貯金を使うことはなかったが、術後、傷口を舐めない為のエリザベスカラーを首に付けたジョンと娘たちの散歩する姿が、とても誇らしげであったのを覚えている。

ジョンの晩年は家族全員での介護の日々であった。最期の別れの時ジョンは、私の顔を見るなり「ワン」と弱々しい声で鳴いて眼を閉じ、二度と開けることはなかった。その一声は「ありがとョ」なのか「お先に」なのか分からないが、飼い主の身勝手な解釈としては感謝の言葉と思いたい。

この別れの辛さから、二度と犬を飼うまいと心に固く決めたのだが、その三年後に二代目を飼うこととなってしまった。それが、冬になると一日の大半をコタツの中で過ごし、パンダのぬいぐるみとチーズをこよなく愛す、ミニチュアダックス（ワイヤーヘヤード）のビリーである。ペットショップで同じケースにいた他のダックス三匹との食べ物競争に負け、ビリビリに裂かれた新聞紙をケースの隅っこでかじっている、というその鈍臭さに妙に心魅かれたのだ。

我が家に来てからのビリーは、一人息子として存分にそれまでのうっ憤をはらしているようだ。特に食べることには貪欲で、娘が庭に植えた花の球根を片っ端から鼻で掘り起こしてかじったり、家内が机の上に準備した料理の中から根菜と手羽元四本を丸飲みし、動物病院に運ばれたこともある。見事に奇跡の生還を果たし、今ではミニチュアとは言い難い八キログラムものメタボ犬である。

ところで、私が懇意にしていた画家のS氏は大の愛犬家で、初代から六代に至る愛犬全てに、名前に関係する家紋（氏のデザインによる）を作っていた。中でもお気に入りの五代目トムは十五年間も絵のモデルを務め、いつも行動を共にしていた。氏が床に新聞を広げて読むと、横に並んでいつまでも読み終えるのを待っている。一方、我が家のビリーは私が新聞を読み始めると、紙面上をドタバタと走り回り、遊べとばかりに飛びついてくる。写真を撮ろうものなら、シャッター音と同時にモデル代（チーズ）をくれ！　とシッポを振りつつ台所までデモ行進……。私とビリーがS氏とトムのような境地に到達するのはいつのことであろう。

とはいえ、ビリーは我が家の話題の中心であり、ジョンからの鎹としての役目も立派に引き継ぎ、私にとって一番の癒しとなっているのである。

（2010年5月）

本棚。

中江有里

最近、大きな本棚を買った。

部屋の壁一面を占める幅で、高さは百六十センチ。

たくさんの本を一気に収められる本棚を買った目的は、一目すればどこに何の本があるかすぐ確かめられるということにある。それまでは、「掃除」と称し本をあちこちに仕舞いこんだり、部屋の隅に積んでおいたり、いざ必要な本を探すのに苦労した。本が本の邪魔をしているようなものである。

大きな本棚を手に入れるのは、長年の夢だった。

子どもの頃、我が家には本がなかった。本棚もなかった。それらしいものが来たのは、わたしが小学校に入る頃のことである。

「これからはここで勉強するんやで」と母に言われた時には、もう学習机が目の前にあったように記憶している。天板をしまえる、背が高く狭いスペース向けの学習机の上部には、ガラスの扉がついた薄い書棚があった。

当時は月に一度、家族で都心のデパートに行くことがあり、ついでに本屋に立ち寄ると本を一冊買ってもらえた。

そうして手に入れた本を繰り返し読み、学習机の書棚に並べた。小さな書棚に本が少しずつ増えていくのを眺めるのが好きだった。どこにいても大人の気配が消えない家で、このガラス扉の向こうは、唯一のわたしだけの世界だった。

独り故郷を離れたわたしは、東京で数回転居を繰り返しながら、その間に増えた本を仕舞うため、小ぶりな書棚を購入した。不安定な仕事ゆえ、次の住まいが今より広いとは限らない。書棚が足りなくなると狭小な部屋にも対応できる「省スペースで収納力抜群」という書棚を見つけて買った。しかしあっという間にいっぱいになり、結局入りきらなかった本はクローゼットに入れるしかなくなった。

今年になって三台目、つまり現在の本棚に出合った。納品されるまで三カ月以上待ち、我が家の本はようやく居場所を得た。今後はこの本棚が入る広さの家に引っ越すぞ、と前向きな覚悟をきめた。

本棚が来てから、わかったことがある。

大きな本棚がほしい、と考えながら出来なかったのには、住まい以外にも理由があった。本棚を見れば読書傾向がある程度あらわれるように、個人の本棚には、その人そのものがあらわれると思う。実のところわたしは自分の本棚を他人に見せたくない。そして自分自身これまで読んだ本をあらためて確認するのが怖かった。

背伸びして買ったあの名作や古典を、わたしは本当の意味で「読んで」きたのか、不安でもあった。この数十年の間、こつこつ集めた本を陳列した本棚がいったいどんなものになってしまうのか、想像出来なかった。

結果的に、その心配は杞憂だった。大きな本棚は、あの学習机のガラス扉の向こうと変らない、わたしだけの世界がそこにあった。


（2010年9月）

私の帰るハルモニの家

高山秀子

背中にオンドルのぬくもりがじんわりと広がる。観音開きの窓を開けると、まあるい月が濃い藍色の朝鮮半島の夜空にぽつんと浮かんでいる。丸太の張り出した古い瓦屋根の下の庭では、行儀良く並べられたキムチの甕が月明かりを映し光っている。

大の字に寝そべった私は大きく伸びをして「今年もハルモニ（お婆ちゃん）の家に帰って来た」と満足げにひとりごちる。ここは韓国安東《アンドン》市郊外の河回村《ハフエマウル》。今では年に一度は帰る、私の大切なふるさとである。

私が、この六百年ほどの歴史を誇る両班《ヤンバン》（高麗・朝鮮時代の支配階級）文化を残す村に通いだしたのは、もうかれこれ10年程前のことだった。その数年前に一度観光客として訪ねたことはあったが、年中行事のように通い始めたきっかけはある夕べの出来事であった。その日私は、幾世紀を経てなお凜としたたたずまいを見せる家々のなんとも云えぬ上品な趣に心を奪われて、近くの町に戻る最終バスに乗り遅れてしまった。訪ねた民泊（民宿のこと）も満杯。そんな私を見かねてそこの女将が知り合いの家に連れていってくれたのだった。白髪のおだやかな丸顔の女性が縁側に出てきてじっと私の目を見つめた後で、余程可哀想に思ったのであろうか、こう言った。「私は民泊はやっていませんけど、貴方だったら泊めてあげます」

これがハルモニこと趙順熙《チョスンヒ》さんと私のなんとも不思議な出会いだった。その日からハルモニと私は、当たり前のように一緒に食事を作り、時にはふたりで寝そべりながらテレビドラマを見て笑い、村の女友達が集まれば私も加わり、都会で暮らす息子さんの家族が訪ねてくれば皆で食卓を囲んだ。日本統治時代に育ったハルモニは未だ日本語を忘れず、当時の苦い記憶も含めて思い出すままに語ってくれる。

まるで約束したように村の銀杏並木が黄金色に染まる10月に訪ねる私を、ハルモニは心待ちにしているという。東京から彼女に電話を入れ、銀杏の葉の色づき具合を訊ねてから旅支度を整える。私がいつも寝泊りするのは、ハルモニの家の中庭に面するアンバンと呼ばれる、朝鮮簞笥の置かれた昔からの女性用の部屋だ。私は村に帰る度に古い大きな門扉をくぐり、まるで自宅のようにこの部屋に荷物を投げ出し、おいしい匂いが漂ってくるハルモニの台所に駆け込む。

このゆるやかにS字を描く洛東江《ナクトンガン》の河畔に位置する河回村は、柳氏という一族によって作られた村で、遠くは文禄・慶長の役の時の領議政《ヨンイジョン》（宰相）だった柳成龍《リュソンリョン》や名高い儒学者たちを多く輩出している。歴史的な建造物が多く、村人達は、建築学的にも貴重な伝統的な家屋に住み、誇り高く生活している。

このごろは観光客の数が増え、週末は特に賑やかになった。しかし私は、村がまだ朝もやの中で覚めやらぬ時や黄昏時の静謐の中を、ゆっくりと土塀に囲まれた小道を散歩する。目の前には遠い昔そのままの風景が広がる。こうして私は、ハルモニの村でタイムトラベル体験を繰り返している。

（２０１０年９月）

手帳のつくり方

池内 紀

ケータイがあらわれるまで手帳が一番の友人だった。肌身はなさず持ちあるき、何かあると手帳をひらいた。誰にも話せないことでも手帳には打ち明けた。どうしても秘密にしておきたいときは略字とマークを利用した。

年の瀬になるといっせいに新年用が売り出される。仕事の相手先の手帳が届いたりする。どれといわずよくできていて感心するが、使うことはない。電話の横に置いてメモ用にする。

一番の友人だもの、やはり自分でつくりたい。ハガキ大の透明なファイルが元になる。ページ数はきっかり20、それがおよそ三部に分かれていて、最初の三分の一は仕事用だ。いろんなところからもらったカレンダーの日付のところだけを切り抜いて、いつも三ページをとって入れておく。三月分《みつき》がつらなっているわけで、ひと月よりも三月単位で考えたほうが生活にハバができるものだ。手帳のカレンダーは小さいが、壁掛け用を活用しているので、白いアキが自由になる。

つづく一ページに仕事の予定を週ごとに書き入れる。ファイルの紙は、わざわざ白いのを買ってくることはない。包み紙その他、日ごとにどっさり捨てる紙が出てくる。そこからシャレたのを使えばいい。プロのデザインつきを上手に切り取ると、自分の手帳にあつらえたぐあいだ。マジックや色鉛筆でいろどりをつけると、世界一豪華なスケジュール表になるだろう。

つづく三分の一はたのしみ部門で、芝居、映画、展覧会などの案内からより出してメモしておく。新聞から切り取って貼りつけてもいい。情報を選択して、自分ひとりの情報誌をつくるわけだ。予定に組み入れても、しばしば実現しないで終わるが、それはかまわない。選択したり、チラシの切抜きを貼りつけたりしているあいだ、心はすでに劇場にいる。映画館の暗闇にすわっている。お目当ての画家がすぐかたわらにいる。

のこりの三分の一は自由なスペースで、おりおりの関心ごとをメモにして入れていく。庭の小鳥が気になったら、ムクドリ、ヒヨドリ、メジロ、ジョウビタキ……スケッチに特徴を書きつけておく。ワインの銘柄をメモしておくと、買うときに心づよい。キアンティ、シャブリ、マルゴーの赤、イタリア物でクラシッコの表示つきは古くからの作り方――。明治屋の棚を眺めているだけで、ぜいたくなひとときがたのしめる。

おしりの三分の一の最後の二ページは旅の用品リストにあてている。国内旅行、海外旅行に分けて、歯ブラシから下着類、クレジットカードまでズラリと記入してある。旅行のつど改訂したので、いまや最小限必要なものが精選されている。出発にあたり確認する。「歯ブラシ」「ハイ」「カメラ」「ハイ」……、出席をとるように声をかけ、自分で返事をする。

20ページの薄いファイルが日常のお伴のリュックのポケットに納まっている。たえず入れ替えがあって、姿、中身が変化する。ファイル代が二三〇円。ほかにいっさい費用を要さない。わがイニシャルをとって、I・O式ケータイと名づけている。

（２０１１年１月）

棄てられないモノ

諸田玲子

東京で暮らして数十年になります。今は独居、一日の大半は原稿を書いているので、料理らしい料理はつくりません。締め切りの間際など、おにぎりやうどんですませてしまうお恥ずかしい食生活ですが、食後に緑茶を味わって飲む——という習慣だけはつづけています。

私は静岡市の生まれ、緑茶と共に育ちました。

子供の頃はコンビニもなく、飽食は夢の時代だったので、エンゲル係数（総支出に対する食費の割合）が高い低いと話題になったものです。我が家は安サラリーマンの家庭でしたが、母が料理好きで、食べることには情熱を燃やしていました。

といっても、贅沢な食事はできません。家族そろってつつましい食卓を囲む。食後にはみんなでお茶を飲む。それから必ず季節の果物を食べました。思えば、あの頃の家庭は、贅沢などしなくても心が豊かでした。

いえ、昔をなつかしんでいる紙幅はないのです。私が悩んでいるのは缶。お茶の空き缶です。新茶や秋摘み茶など、お茶を買います。郷里の知人からもいただきます。普段用には袋入りを求めるようにしていますが、それでも台所はお茶の空き缶がたまる一方。

棄てればいいのに……。そう。わかっているのです。でも、きれいな缶は棄てられない。お煎餅でも入れようか……などととっておくうちに十、二十とふえてゆきます。

空き缶だけではありません。戸棚の中や食器棚の上には空き箱がぎっしり。狭い家なので、使用済みの箱はつぶして棄てることにしているのですが、桐箱やら和紙の箱やら、美しい箱は棄てられない。こんなときばかり、モノのない国の子供たちにあげたらどんなに喜ぶか、モノは大切にしなくちゃ……などと幼い頃、きれいな箱をもらったときのうれしさを思い出して、ついついしまいこんでしまいます。

なにを隠そう、流しの下にはスーパーのビニール袋、押し入れには色とりどりの紙袋、仕事部屋には空の段ボール箱が積まれ、日々、私の居場所を席巻しつつあります。

本棚には史料が収まりきれなくて、私は進行中の小説ごとに史料を段ボール箱に入れています。段ボール箱はいわば仕事の仲間、これもまた棄てられないのです。

それにしても、なんという思い切りの悪さでしょう。

手に入れるのは簡単なのに、棄てるのはむずかしい。機能的に、効率よく、すっきり暮らすことがどんなに大変か。

ときおり原稿の手を休めて考えます。モノだけでなく、やることなすこと、私の人生、なんと多くのムダを積み重ねてきたことか。もっとも、まわり道をしたからこそ、四十過ぎて小説を書くことができたとも。

お茶の空き缶も段ボール箱も、きっと、無制限にふえつづけることでしょう。片づけはあきらめて、そのぶん良い小説を書けばいいや……と、開き直るしかないのかもしれません。

（2011年1月）

武蔵野風景

柴崎友香

五年前に東京に引っ越してから今の部屋で三軒目だが、ずっと世田谷区に住んでいる。このあたりのいいところは、一つは散歩のしがいがあることだ。道が複雑なので違う角で曲がると思わぬ場所に出てしまう（まっすぐな道がほとんどない！）。公園も多いが、大きな木がある古い家もたくさんあって、こっちに来てから木の名前をたくさん覚えた。

大阪の中心部に近く工場も多い下町から来たわたしにとっては、世田谷の風景はのどかな田園地帯だ。もちろん、人の数は多くて電車から雪崩のように降りる人波を見るたび大都会だと感心するが、その大勢の人たちがひしめくように歩く商店街の道の狭さもやっぱり田園地帯だったころの特徴をよく残しているし、規制が厳しいのか幹線道路沿い以外は高い建物がほとんどなく、高架を走る電車からずっと遠くまで見渡せる。

住宅街で不意に空が広々と見える場所に出ると、そこに畑がある。季節ごとの野菜が植えられていて、黒い土から葉が伸びている。畑の近くにはたいてい、昔のままの家がある。屋敷林に囲まれた平屋で縁側のある家や茅葺きの納屋。土と藁のにおいがして、土地の磁力みたいなものが急に強くなる。都心にこんな場所が、という言い方をするけれど、こちらの風景が本来で、畑や林に建物がどんどん建っていっただけのことだ。

畑では、野菜を売っているところも多い。畑の片隅の屋根のついた場所に野菜が並べてあり、値段が手書きされていてお金を入れる缶などがある。扉が透明のコインロッカー方式のところもある。二百円を入れると扉が開くのだが、「きゅうり百五十円」とあるのはどうするんだろうと思ってよく見ると、ロッカーの中にはきゅうりと一緒に五十円玉が置かれていた。

少し遠くまで歩いて行ってみたら大きな家の門の中で白菜や柚を売っているところがあった。白菜を、商店街の豆腐屋さんで買った厚揚げ（このあたりでは「生揚げ」と書いてある）と煮てみた。わたしは葉物野菜と揚げ類をだしで煮たものが好きで、毎晩これでもいいと思う。

栗拾いやみかん狩りができるところも見つけた。世田谷区にはぶどう園もあるらしい。

東京に引っ越してから、木や土や畑が近くにある場所で暮らす楽しみを知った。部屋にいると今まで聞いたことのない鳥の鳴き声が聞こえてくるので、電子辞書で調べたらシジュウカラだった。姿はまだ見たことがない。もしかしたら「そんなの普通ですよ」と言われてしまうことかもしれないが、これまで住んでいた環境との差もあって五年経っても新鮮な発見がある。
夕方、歩いていると富士山が見えた。特に高い場所に上ったわけではなく、普通に道を歩いていたから驚いた。夕日にくっきりと富士山の形のシルエットが浮かび上がって、自転車で行けそうなほど近くに錯覚した。このあたりは、長い間ずっとこんな武蔵野の風景が広がっていたのだろうと、実感できる瞬間を探して歩いている。

（2011年3月）

シャチと原発

中沢新一

この一年というもの、日本人は「技術とは人間になにをもたらすものなのだろう」という自問をくり返してきた。原子力発電に象徴される現代の高度な技術を我がものとしたことで、人間はなにを得て、なにを失うことになったのか。この難しい問いに思いをめぐらせていたとき、私はつぎのような北方民族（ウリチ族）の神話のことを思い出していた。

ウリチの男が、海岸に打ち上げられて苦しんでいたカレイと交わって、一人の男の子が生まれた。父親は早くに亡くなったが、男の子は立派に成長した。彼はある日海岸で、大勢のシャチが遊び戯れているのに出会った。彼が近づいていくと、一頭のシャチが男に剣を与えて海中に消えた。シャチの鋭利な背びれは、じつはよく切れる剣だったのである。男は剣を持ち帰り、それを持って森に狩りに行った。たくさんの熊を殺し、顔に斬りつけて鼻を切った。ある秋のこと、人間とカレイの間の子であるこの男が、森で道に迷い死にかかっていると、突然一頭の熊が目の前にあらわれ巣穴に匿ってくれた。男が眠ると、まわりにたくさんの人間の姿をした熊が集まってきた。どの人の顔にもひどい切り傷があった。春になって、熊は男を村に帰してやったが、帰りしなに「どうしてお前はあんなひどいことをわしの仲間にしたのか」とだけ言って、素手での決闘を申し込んだ。男は剣を家に置いて出かけた。決闘は海岸で、素手のなぐりあいでおこなわれた。そうして熊も男も死んだ。（荻原眞子《おぎはらしんこ》『北方諸民族の世界観』草風館、一九九六年より）

私には、この神話が語っているカレイと人間の間にできた男の子が、現代の自然科学を象徴しているように思えてならない。人間の男は海岸に打ち上げられたカレイ＝自然を、まるで心を持たないモノであるかのように見なして、解剖して研究をしたり資源やエネルギーを取り出してこようとしている。その結果「科学の子」が生まれたのである。この子は、北海でもっとも獰猛な動物であるシャチから、それまで人が手にしたことのない武器（剣）を獲得して、それでめったやたらと熊に斬りつけていった。しかし熊たちは男が死にそうになっていると助けてくれて、正々堂々とした決闘を挑んできた。熊は死を賭して闘い、とうとう男を殺した。それ以後、自然界に脅威をもたらしていた神秘の武器は、使われなくなった。

二つの世界戦争の合間の異常な時期に、欧州の「科学の子」たちによって発見された核分裂を利用して、人類は原子爆弾と原子力発電の技術を開発した。爆弾は恐ろしい殺傷力を持ち、原子力発電は莫大なエネルギーと、自然界が処理できない大量の放射性廃棄物をつくりだしてしまった。人間はこの核技術とこれからどうつきあっていけばいいのか。神話の知恵は、人間はその驚異の剣がどんなに威力を持っていても、自分の意志でそれを使わないですますことができる、と語ろうとしている。いまでは自然も人間には黙して語りかけてこようとはしないから、人間は自分の理性によって、この危機を乗り越えていくしかない。

（2012年5月）

門松の功徳

内田　樹

暮れに道場兼自宅を阪神間の住吉に建てた。道場を持つのは、積年の宿願であったので、それが果たせて、たいへんにうれしかった。最後に外構を整えるときに、建築家にお願いして、小さすぎてほとんど象徴的な意味しか持たない門と塀を作り、畳1枚ほどの小さな庭に楓と春に咲く花の球根を植えてもらった。真冬のことだったので、楓はすぐに枯れて裸になり、他の植物もみな冬ごもりに入って、正月を迎えるときにはなんだかずいぶん貧相な門構えになってしまった。

そこで門松を立てることにした。

久しくマンション住まいだったから、正月といっても、小さな注連《しめ》飾りを鉄のドアに飾って終わりだった。一軒家住まいになって最初の正月を迎えるときに、妻が「門松を立てましょう」と言い出した。武道の道場だから、それくらいの風情はあった方がつきづきしい。育った家でも正月に門松を飾る習慣は（日章旗を掲げる習慣と一緒に）私が中学生になる頃には廃されてしまっていたから、自分の家に門松を立てるのは半世紀ぶりのことだった。

暮れも押し詰まって門松を飾り、年が明けて、鏡開きも稽古始めも終わった15日にはずした。松の枝や竹をばらしてガレージの隅に片付けて、道路を掃き掃除していたら、通りがかった近所の方らしい中年の女性から声をかけられた。「こちらのおうちの方ですか」と訊かれたので「はい」とお答えした。すると、ていねいに頭を下げて「門松、ありがとうございました」と言われた。意味がわからず、ぼんやりしていたら、その女性はこう言われた。

「お正月に門松を飾ってくださる家なんか、もうこのあたりではどこもなくなってしまいましたのに、お宅さまが引っ越して来られて、最初のお正月にこうして門松を立ててくださいました。それから毎日、この前を通るのが楽しみでした。先日も、若い人たちがこの前に立ち止まって、『これが門松というんだよ』って話していました。珍しかったんでしょうね。ですから、おうちの方にお会いしたら『ありがとうございました』と一度門松のお礼を言いたいと思っていました」

はあ、それはどうもごていねいなことでと不得要領な返事をしているうちに、その女性はもう一度礼をして歩き去った。

門松というのは「そういうもの」だったのかと教えられてはじめて気がついた。それは個人的に新年を奉祝するための装飾であるよりは、むしろご近所と道行くすべての人たちに向かって「あけましておめでとうございます」という控えめな挨拶を送るための装置だったのである。たとえこの地には新年の挨拶をかわすべき家族も友人もいない孤独な旅客でも、門松の前を通るときには、他のすべての人と同じように新年の祝辞を受け取ることができる。

そのような美風を久しく虚礼として軽んじてきたことを私は恥ずかしく思った。来年からはもっと早くから門松を用意するつもりである。

（2012年5月）

精霊たちのしわざ

川内有緒

数年前の夏、ハンガリーとクロアチアに旅をした。カバンの中には分厚い小説が入っていた。いつか読もうと思いつつ本棚にしまいこんでいたものだ。『精霊たちの家』というタイトルで、チリ人の女性が八〇年代に書いた、程度しか知識がなかった。ところが、空港で一ページ目を開いた後は、ビーチでも、長距離バスの中でも、木陰のレストランでも夢中で文字を追い続けた。

舞台は前世紀のチリである。誰とも口をきかず霊界と交信し、念力で物を動かす少女クラーラが主人公。その子の周囲で起こる奇妙な事件を軸に、物語は次々と話者を変えながら一世紀を駆け抜け、最後は史実である七三年の軍事クーデターに突入する。そのスケール感と突拍子もない展開に、最後のページを閉じた時には、長い夢でも見ていた気分だった。

その三カ月後のこと。仕事の打ち合わせでパリ・ソルボンヌ大学の先生に会うことになった。

優しい眼をした初老の男性で、フィーリングは合いそうだった。しかし、打ち合わせは難航した。というのも、彼は英語が話せず、逆に私はフランス語が下手で、意思疎通が不可能だったのだ。辞書を片手に話をするが、あちこちでつまずいて進まない。最後に、私が半ばヤケで学生時代に習ったスペイン語で話し始めると、彼の顔がパッと明るくなった。

「おお、エスパニョール！　実は私はチリ生まれで、パリには移民としてやって来たのです」

私は嬉しくなり、「チリ！　つい最近『精霊たちの家』を読んだばかりです」と言った。すると彼は、「日本語でも読めるなんて……」と感極まったように続けた。「長い間忘れていたけれど、私は、一時期あの原稿を持っていたことがあるんです」

実は彼は、七三年のクーデターでフランスに亡命して来たのだと言う。当時、軍からの迫害を逃れようと、多くの人がチリを脱出した。移住から数年後、ベネズエラに住む知人を訪ねた際、あるものを手渡された。

「ヨーロッパの出版社に持ち込んでみてくれないか」

それは、チリ人の亡命者が書いた何千枚にも及ぶ手書き原稿だった。ずしりとした重みを抱きしめて、飛行機に乗った。自宅で読み始めると、突飛な内容で、とても出版できるとは思えなかった。それでも約束を果たそうと、見知らぬ編集者に原稿を預けた。

数週間後、電話が鳴った。

「これは、大変な小説です。すぐに出版しなければ！」

その後『精霊たちの家』は、世界中で絶賛され、大ベストセラーになった。亡命者の女性は、今では作家イサベル・アジェンデとして知られている。

彼は「いやはや、危うくクローゼットにしまいこむところだった」とウインクし、二人で大笑いした。時に人は、自分の気づかぬところで奇跡を起こすものらしい。そして、私たちはいい友人になった。まるで精霊たちのしわざみたいに。


（2012年9月）

二人の空想

太田治子

　小田急線新百合ヶ丘駅前の賃貸マンションに娘の万里子と二人暮らすようになって、四年になる。社会人二年生の万里子は、毎朝神奈川県西部の勤め先へ、一時間半かけて通勤していく。学生時代にはすこぶる朝の弱かった彼女が、朝六時には家をでるようになった。恋人は、いない。毎日、通勤のゆきかえりに出合った猫を携帯に写しては、うっとりとそれをみつめている。

「ママ、このトラちゃん、最高でしょう? 目の輝き、尻尾のちぎれ具合、もうたまらない」

　そんなことをいいながら、「激写」の一枚、一枚を私にみせるのだった。どうみても、すこぶる太った目付きのよろしくない野良猫である。可愛くない。しかし、そのふてぶてしさがとても魅力的だと思う。実は母親の私も、猫好きだった。ただ、彼女ほど熱烈ではない。犬も好きなのだ。残念ながら、今住んでいるマンションでは、動物を飼うことが禁止されていた。

「同じ小田急沿線でも、もっと山の近くだったりしたら、いくらでも家賃が安くて住める一軒家があるよ」

万里子はそこへ、いつでも引っ越したいという。

「でも駅から遠いと、帰りの夜道が恐いでしょう?」

通勤もジーンズばかりの彼女は、今でも時々男の子と間違われる。夜道も、心配がないかもしれない。しかし、私の方は普通の女性の姿でよく都心へでかけていく。文筆業の私は、カルチャー・センターの講師もお引受けしている。

「だから、ママはもう外へでかけるお仕事をみんなご辞退して、猫と一緒にちんと座って私の帰りを待っていればいいのよ」

万里子は、いつもにんまりとそういうのだった。

「もうそんなに無理して、原稿を書くこともないのよ。ゼイタクをしなければ、私の給料だけで暮らしていけるわ」

そんなことも、いうようになった。確かに、原稿を書くことはしんどい、向いていないといつも思う。しかしそこまでいわれると、あわてた気持になるのだった。

「私は、やはり書くことが好き。歩くことも、人も大好き。ただ家の中でちんと座っているのは、どうもね」

少しボケがきた私が、部屋の中で猫と並んでいる光景が浮かんでくる。

「ワンちゃんとお散歩していても、いいのよ」

自然は、大好きである。しかし、街歩きはもっと好きなのだ。街が遠くなるのは、とてもさびしい。そのことは、万里子もわかっていた。

「もっとお金があれば、街中に小さなマンションをひとつ、自然の中に一軒家と両方持つことができるのにね」

そうねとうなずきながら、私は今しばらくはここにいることになるのだろうと考えた。新宿まで快速急行に乗れば、三十分とかからない。それにこうやって気楽な賃貸住まいだからこそ、あれこれと空想することができる。イタリアの小さな街にも、住んでみたい。フランスもドイツもいいと思う。


（2012年11月）

ひとり暮らし

田口ランディ

五〇を過ぎて、ひとり暮らしを始めた。

昨年、同居していた夫の両親が相次いで亡くなった。九二歳と九三歳。八年間いっしょに暮らし最期を看取った。娘の受験が終わり無事に高校に入学した。気にかかっていた日々のことが消えてしまった三月、仕事場で空を眺めていたらふいに「私は一人になりたいんだ」と気がついた。

それで、夫と娘に宣言したのだ。

「お母さんは、少しのあいだ、ひとり暮らしをしたい」

最初は驚いた二人だったが、私がなにか言いだしたら止められないことをよくわかっていて、渋々と協力してくれた。そんなわけで、娘と一緒に不動産屋を回り、夫の手伝いで荷物を運び、東京都下の1Kのアパートに引っ越しをしたのだった。

週末は家に戻り家族と過ごし、平日は東京で仕事をする。四月から始めたこの生活ももうすぐ四カ月になる。

家族をもってからのひとり暮らしというのは、若い頃よりずっと自由を感じる。朝起きてから、夜寝るまで、自分のことだけに専念できる幸せ。淋しいなどこれっぽっちも思わない。誰に気がねすることなく洗面台を使い、心ゆくまで掃除をし、ていねいに好きなものを調理して食べ、寝る前のヨガも、瞑想も、気功も、すべて自分のペースで規則正しくできる。

家にいればそうはいかない。遅刻しそうな娘をせかしつつ、猫の餌を気にしつつ、出しっ放し、脱ぎっ放しの家族のものを、片づけても片づけてもきりがない。ヨガのポーズなどとっていると「変なかっこう……」と白い目で見られ、夫はテレビをつけたままリビングで大いびき。そういう生活を平和と言うのかもしれないが、なにかこのままでは自分がダメになってしまう気がしたのだ。

「お母さん、一人になってなにがしたいの？」と娘に聞かれて私はおずおずとこう答えた。

「お母さんは修行がしたい」

「しゅ、しゅぎょう？」

「お母さんは一人になって精神修行がしたい。体にも心にも垢がこびりついている気がする。

それをこそげ落としたい。規則正しい生活をして、無心になる時間を作り、ちゃんと寝て、少しだけ食べて、すっきりしたい」

娘は、全くわからん……という顔をしたが、深くは追及しなかった。母親がいなくなりずいぶんと自立した。夫との関係も変わった。それぞれに自分を大切にするようになった。

実際に一人になってみると、誘惑の多い都会の生活。つい飲みに行くこともあり、想像したほど清らかには暮らせないのだが、それでも、心静かに瞑想する時間はたくさんある。

自分でも驚いたのだが、一人になったら更年期の症状が消えた。昨年、血圧とコレステロール値が突然に高くなり、医者にかかり薬を飲んで下げていたのだが、いまはまったくの正常値。たぶん、うちなる魂の声に、素直に従ったからだろう。


（２０１２年11月）

ベルリンの知恵

小川 糸

ここ二年ほど、夏をベルリンで過ごしている。今、ベルリンは、私にとってもっとも親しみやすい町。ベルリンの空気を吸っているだけで、手足を思う存分、伸ばすことができる。

ベルリンの魅力は、なんといってもメリハリである。働く時は働く、遊ぶ時は遊ぶ。そのふり幅が大きく、バランスがいい。

たとえば、アパートの近くに住んでいた、キーさんの場合。

彼は、韓国生まれドイツ育ちで、仕事はワインの輸出に携わっている。近所の公園で子ども達と一緒に遊んでいる姿を見かけて顔見知りとなり、ある日、地下鉄の中でばったり再会したのをきっかけに、親しく言葉を交わすようになった。

仕事は週に三日くらい行き、あとは子ども達と一緒に時間を過ごしているという。日本人からすると羨ましい話だけど、ベルリンは家賃が安く、総じて物価も安いので、血眼になって稼がなくても、基本的な衣食住を満たす暮らしが成り立つのだ。

そのキーさんと、週末の昼下がり、とあるクラブでまたしても遭遇した。ベルリンのクラブは、たいてい金曜日の深夜にオープンし、そこから日曜日の夜まで、ノンストップで開いている。ちなみに、週末になると、地下鉄もまた終夜運転だ。

ハイ！　と声をかけられ、振り向くとキーさんが立っていた。ずっと踊っていたらしく、全身汗で濡れている。どこからどう見ても、クラバーだ。週末の昼間はたいていここに来て踊っているとのこと。そうやって、ストレスを発散させるのだ。

その日の夜、渡したい物があり、キーさんのお宅を訪ねた。キーさんは、ドイツ人の奥さんと、ふたりのかわいい娘さん達と暮らしている。出迎えてくださったキーさんに、昼間のクラバーの面影は少しもなく、子煩悩な父親の顔になっている。

そう、これこそがベルリナーの生き方だ。よりよく働くために、よりよく遊ぶ。より楽しく遊ぶために、よりまじめに働く。ふり子のように、右と左を大きく移動する。ベルリンにいると、人々の心に、金銭的な余裕とは別の、心のゆとりを実感する。

私は、ベルリンの日曜日がとても好きだ。ベルリンに限らず、ヨーロッパでは、日曜日になると店がほとんど休みになる。日本との一番の違いは、日曜日の過ごし方かもしれない。

基本的に日曜日は、家族や親しい友人達と家でパーティをしたり、のんびり散歩したり、蚤の市をまわったりして静かに過ごす。日曜日はゆっくりと休んで、疲れをリセットするのだ。

以前うかがった、ある助産師さんの言葉が印象的だった。緩んでいなければ、いざという時に力が入らない。つまり、ぐっと力むために、リラックスが必要だということ。助産師さんは出産の時のことをそのような言葉で説明してくださったのだけど、これは、生きることすべてに言えるのかもしれない。

だから、思いっきり遊んで自分を解放することもまた、いい仕事をするためには必要なのだ。お金をかけず、無理をせずに心地よい暮らしを続けていくにはどうしたらよいか。ベルリンには、その知恵と実例が、たくさん隠されているのである。

（2013年1月）

安心できる近所

ドナルド・キーン

昭和二十八年から日本とアメリカを往復する人生を送って来た私が、終の住処を日本と決めて、アメリカの家を引き払ってから、ちょうど一年が経ちました。帰国してからの半年は私の人生でも最も多忙な時期でした。

これまでも、近所の人々は私を見ると会釈をして下さいましたが、日本国籍取得のニュースが広まってからは、挨拶の際にも親身に声をかけて頂けるようになりました。「お元気ですか」「風邪をひかないように」「いつまでもお元気で」等々。

近隣の人にとって、私は「近所に住む外人」という一種のお客さん扱いでしたが、自分はようやくこの国に仲間入りしたと感じます。

日本のどこが好きですか、とよく聞かれますが、一口には言えません。

たとえば、店に入って耳にする、「いらっしゃいませ」「ありがとうございます」の声。それらの多くは義務的で機械的なものでしょう。しかし、一言の挨拶もなく不愉快なニューヨークの店員に比べれば、よっぽどありがたく感じます。アメリカならスーパーマーケットや銀行の窓口で働く人々はよそよそしく、郵便局でも働く人の態度は決して親切とは言えません。

しかし、幸い日本はそうではありません。生活の中や街角で示される何気ない気遣いなど、時代が変わってもそれらが消えたわけではないからです。

結局、私が日本で好きなものとは、人と人の間にある優しさと言えるでしょう。

一方で日本の嫌いな面は、と言われるとすぐに答えられます。それは歩道の上を我が物顔で走る自転車です。まったくいつからこうなったのでしょう？ これは決して古い話ではない筈です。東京はもちろん、京都や大阪など他の町でも事情は変わらず、もはや日本中の都市圏で落ち着いて歩ける場所はないかも知れません。

私が政治家にお願いしたいのは、オリンピックなどの大きなイヴェントの開催や、巨大な建造物の着工よりも、安心して近所を歩ける日本に戻して欲しいということです。

時は移り、日本の町々も昔ほどには安全でなく、かつては考えられなかった凶悪犯罪や家族間での殺人事件があったりと、気が滅入る事件も日々、報道されます。しかし、世界の中では今でも日本はもっとも安全な国ですし、なんとかこれ以上劣化しないことを望んでいます。

最初に日本に来た中国人は、魏志倭人伝の中で、日本人の二つの特徴をあげました。一つは人や町が清潔なこと、もう一つは人々の丁寧な振る舞いです。驚くべきことに、これは現在でも初めて日本を訪れる外国人の感想と同じなのです。

いつの時代でも人の世界は多くの問題と矛盾に満ちています。日本も例外ではありません。しかし、日本人は必ず、世の中を改善して行ける筈だと私は信じています。

（2012年11月）

旧伊勢街道

浅生ハルミン

居間のこたつ基地で顔がのぼせる。正月の実家では、私なんかは用なし人間。頭を冷やしにひとり出かけた。家の前の通りは旧伊勢街道という、むかしからの道。おさむらいの時代には伊勢参りで賑わった。いまはひと気がなくて、不安になるほど町内はすいている。おじいさんおばあさんたちは、おおかたいなくなってしまった。父や母たちが、その歳になった。

海抜3メートル、と国道をまたぐ歩道橋に書いてある。国道の向こうは小児科と、こんにゃく工場があることだけくっきりと憶えている。小児科は、おばあさんに連れてこられた。注射はしないよと誓ったのに、先生の前では「ハイハイ、打ったってください」と、ぐんなりした私の腕をつかみ差し出すおばあさんだった。小児科への道は地獄への道。近寄りたくない道。あのあたりを、いまの平和な心で見てみようと思いついた。

国道を渡って、とうとう来てしまった。注射を思って警戒態勢。猫ならしっぽが極太になるところだ。こんにゃく工場はもうなかった。小児科は建て替えられて近代的になっていた。二代目になったんだな、繁盛しているんだな。注射のようにあっけなく見物は終わった。小児科より向こうへは、注射がショックで家まで一目散に逃げ帰ったから行ったことがない。夢に見るときそこは、熱帯雨林になって登場した。そのくらい抽象的なエリアだった。家から歩いて十分が、私にはとても遠い場所である。

農家の土壁、よろず屋さん、西行法師が訪れたといわれる祠。伊勢参りの頃がどんどん近づいてくるようだ。門扉に「近寄るな」という紙を貼り巡らせた民家に行き当たった。ブロック塀の、女性の名前ばかり連なった家系図をじっと見た。理恵、佐智子、小百合、悠子、由美子、美樹、絵里子、恵美……もっともっと。名前の脇に「全員家族」と書き添えてある。複雑で切実な関係と、すべて嘘のような、ぽかんとした空虚さがあった。目を引く家系図と「近寄るな」と押しもどすかみ合わなさに、あてられた。

左へ行けばお伊勢さん。でも右の、先の見えない坂道に興味を持った。近くて遠いところだとますます思う。

私は十九歳でこの町を離れた。近況を母に訊くと「なんにもないよ、若いひとはだあれもおらへん」とおし黙る。私はその通りに納得し、でもそれだけではない気もしていた。カーブした坂道をきつねに騙されないように、やっと登ったてっぺんは、新しい町のスーパーマーケットだった。ファミリータイプの自家用車が結集し、注文住宅のバルコニーにはゼラニウムの花。こっちだったか、若いひとがいるのは。新しくて賑やかな場所に安堵した。ふだんは「古めかしいものが好き」と思っているのにね。

古墳だ。冬の草に覆われ、静かで、こんもりとした前方後円墳。四世紀末から五世紀初めに生きていたひとの亡骸が眠った場所。中世にはお城の砦にも使われた。私の登ってきた坂道は、古墳を抱《いだ》く丘陵地だったのか。ここからの眺めはじつによかった。丘のふもとの、海につづくひらたい町。そこに私の家もある。町は古墳より、大丈夫かと思うくらい、寝静まっている。

（2013年3月）

旅支度、旅の途中

東　理夫

旅に出よう、と考えた瞬間から「旅」は始まっている、とぼくは思っている。そして、旅はあてのない方がいいのではないか、とも考えている。

長い間、アメリカを一人で車を運転して旅を続けてきた。何かの本で読んだり、これまで聴いたり観たりした音楽や映画や絵画や伝説や言い伝えの中で、なぜか腑に落ちない、納得のいかない、あるいは心の中で座りの悪い事柄に出くわすと、どうしてもその場所へ行き、じぶんで調べたくてたまらなくなる。そうやって出かけた旅は、旅程を自分では決めることができない。行き当たりばったりで、その晩どこに泊まるか、次の日にはどこに向かうのか、予想の立てようがない。

だからぼくの旅は、目的地を目指す旅ではなく、旅の途中を楽しむことになる。旅とは本来、そういうものなのだろう。すなわち「道中」を楽しむ。「東海道中膝栗毛」をはじめとする、多くの「道中記」がそのことを教えてくれる。

というわけで、ぼくは「旅の支度」から夢見る。まず、いい鞄を持ちたい。今使い古しているのは、黄沙色のキャンバス地に皮革の縁取りがあるショルダーバッグ。ポケットが一杯あるのが安心できる。キーホルダーに鍵類や小型のナイフやらをぶら下げる。小さな折りたたみの読書用ランプも忍ばせる。

金属製のヒップフラスクには、シングル・モルトの「ボウモア」を満たしてある。海辺の町で生牡蠣などの貝類を食べることがあれば、村上春樹のようにこれを振りかける。時に、小さな卸し器とナツメグを入れることもある。ワインを飲むことがあれば、ロートレックのようにこれを卸し入れる。時々、卸し器と小さな山葵を持って行きたくなる。どんなにいい刺身がでても、粉ワサビでは嫌だ。

地図やコンパス、時刻表やカメラ、ラヂオや記録用ＩＣレコーダーなどは持たなくなった。iPhoneがあればすべてこと足りる。しかも電話もかけられる。iPhoneでは文字が見にくい読書と検索用に、時にiPadを持って行くこともある。後は着替えと薄手のスウェターと洗面具。折りたたむとバッグのようになる薄いレインコートと対のキャップ。

靴はビブラムソールの紐付きの革靴。チノパンツに、上着はちょっと自慢だ。普段襟の立っ

おそれいりますが
切手を
貼ってください

101-0047

東京都千代田区内神田1-13-1-3F
暮しの手帖社 行

書 名　**居心地のいい場所へ**　随筆集 あなたの暮らしを教えてください3	
ご住所　〒　　－ 電話　　－　　－	
お名前	年齢　　歳 性別　女 ／ 男
メールアドレス	ご職業

アンケートにご協力ください

本書をどちらで購入されましたか。

・書店（　　　　　　　　　　　　　　　　　　　　）
・インターネット書店（　　　　　　　　　　　　　）
・その他（　　　　　　　　　　　　　　　　　　　）

本書の感想をお聞かせください。
（小社出版物などで紹介させていただく場合がございます）

雑誌『暮しの手帖』はお読みになっていますか。

・いつも読んでいる　・ときどき読む　・読んでいない

今後、読んでみたいテーマは何ですか。

ご協力ありがとうございました。

アンケートにお答えいただいた個人情報は、厳重に管理し、小社からのお知らせやお問い合わせの際のご連絡等の目的以外には一切使用いたしません。

ているジャケットだが、何かの折にこれを折るとスーツの襟のようになって、失礼がない。脇ポケットの後ろにハンドウォーマーがあり、内ポケットの下に左右、マップを折りたたんで入れる大きなポケットもある。

夏より、秋や冬の旅が好きだ。その季節の方がお洒落ができる。旅の道具と旅の服装は、実用的でお洒落でないといけない。男のファッションの真骨頂なのではないかと思っている。

どこへも行かずに犯人を見つけ出すミステリーに、「アームチェア・ディテクティヴ」というジャンルがある。さしずめぼくは出かけない旅人、「アームチェア・トラヴェラー」でもあるのかもしれない。そう、ぼくの心はいつも旅の途中にあるのだ。

（2013年5月）

バオバブを見に

光森裕樹

昨年末にマダガスカルを十日間ほど旅した。アフリカ大陸と切り離された島国であるマダガスカルは、ワオキツネザルやカメレオンやバオバブなどの珍しい動植物にあふれている。バオバブは、サン＝テグジュペリの『星の王子さま』に、王子の星を壊してしまうほど大きく育つ植物として登場する。仏人作家の物語にこの植物が描かれたのは、マダガスカルの宗主国がフランスだったためかもしれない。徳利のようにずんぐりとした巨木を、ながくこの目で見たかった。

マダガスカル人のガイドと二人で各地を周った。彼は首都アンタナナリボの大学で数学を学ぶ若者であるが、家計を助けるために日本語の授業を履修し、ときおりガイドを務めているそうだ。彼の日本語はまだおぼつかないが、短文をかろうじて読める程度の私のフランス語と比べると、はるかに頼もしい。同じように大学で外国語を学んだ両者の差に恥ずかしくなる。

西部の町ムルンダヴァに二日滞在した。素朴な漁村や遠浅の浜を歩いて過ごしたのち、バオバブの並木を見に行った。大人五人が手を繋いでやっと囲えるほどの太い幹は、高さ二十メートルにも及ぼうか。小道の両脇に二十本ほどが並ぶ。ガイドの彼によると、五十年前には相当数のバオバブが並んでいたが、サイクロンや農地開発の影響で数が減っているそうだ。一通りの説明ののち「くるのがおそかったです」と彼は付け足した。

現在、並木を復活させようと植林が進められているが、親指ほどの太さの苗が膝丈ほどの高さに並ぶのみだ。樹齢で三年ほどのバオバブだという。彼は立ち並ぶ巨木を指さして「さんびゃくねんかかります」と言った。その時間感覚に目がくらむ。「わたしたちは、いきませんね」と彼が言う。そうですね、私達は生きてませんね、とさりげなく「て」を加えて繰り返し、来るのがすこし早すぎましたね、と私はつぶやく。

たしかに、星を壊してしまうほどひしめくバオバブの並木を見られず、残念ではある。ただ、五十年前に生まれ直すことはできないし、三百年後に生まれ変わることも——試したことはないが、できない。そこに一度きりの人生がくきやかに浮かぶ。体験したものだけではなく、体験できなかったことも大切な思い出となることに気付いてから、私は一層旅が好きになった。そして毎年のように、何かを見逃しにどこかへ行くのだ。

大きなバオバブを指さして、あれは何年ですかとふたたび聞く。彼は「さんびゃくねんです」と答える。バオバブの苗を指さして、これは何年ですかとふたたび聞く。「さんねんです」と彼は答え、すこし困った顔にほほ笑みをまぜながら、「わたしのにほんご、おかしいですか」と付け足した。私はゆっくりと首を左右に振って、正しいですよ、と言った。

三十分ほどその場にたたずみ、日暮れの時間を待った。バオバブの並木のあいだを、アフリカの夕陽が沈んでいく。シルエットとなったバオバブにやや遅れて空は真っ暗になり、やがてバオバブもその苗も闇に紛れて見えなくなった。

（2013年5月）

間違い

伏見 操

　二年程前から、南フランスのアルルにアパートを借りて、暮らしている。そのアパートに、フランス電力から電気代の請求書が届いた。いつもはちらっと見て、すぐ引出しに放り込んでしまうのだが、その日はどういうわけか、ひっくり返して裏面も読んでみた。すると、正午から14時までと、深夜1時半から早朝7時半までは割引時間帯で、電気代が4割安くなると書かれているのを発見した。あら、それはいいじゃないの。気をよくしてさらに読むと、時間帯の横に「注」がついている。そして小さな文字で「ただし時間帯は日によって数分前後します」と記してあった。ええっ、ちょっと待って。わたしは思わず目を疑った。「数分前後する」ってどういうこと？　時間は機械で自動設定されてるんじゃないの？　それとも誰かが毎日、「パッチン」とスイッチを入れ、「パッチン」と切っているのだろうか？　お昼をのんびり食べていたり、寝坊したりして、スイッチを入れるのが微妙に遅れたりするのだろうか？　フランス電力は国中でそんなことをしているのだろうか？　謎である。

フランスの請求書にまつわる謎は、まだある。アルルのアパートに引っ越して、最初に水道の請求書が来た時、宛名が「フシミ」ではなく、「フシニ」になっていた。これでは銀行引き落としができないので、水道局に電話をかけて訂正した。すると次に届いた請求書は「フチミ」宛だった。

フランス電力はさらにひどく、電話で名前を訂正したら、「フシニ」と「フチミ」宛に請求書が二通も送られてきた。「どっちも間違ってるよ！」とつっこみたくなる。同じ住所、同じ電気料金、同じファーストネーム、同じ顧客番号なのに、フランス電力にはこれをおかしいと思う人はひとりもいなかったのだろうか。しかも、このせいで銀行引き落としができなかったら、不払いで電気を止められるのは、わたしなのである。

「フシミ」の名前間違いといえば、もっとすごいのがある。フランスで滞在許可証を申請し、手に入れるのは、非常に時間も労力もかかる。長時間役所に並び、大量の必要書類をそろえて、誓約書にいくつもサインをし、仏頂面のお役人をやりすごし、やっとのことで提出すると、やがて「滞在許可証申請書類受領書」なる紙が送られてくる。許可証ができあがるまで、これが代わりになるのだ。家に届いたそれを見て、目が点になった。紙にはわざわざ両親の名前まで記してあるのだが、母の名が「ミエコ・タルカーノ」になっていたのだ。誰だ、タルカーノって？　いきなり母がスペイン人になっている。「貴国では二重結婚はいたしません」とか、あれこれ誓約書を書かせたくせに、申請者の母親の名前を勝手に偽造して、どうするのか。

でも、そんなフランス人の持つ電力会社より、備えを怠った日本の電力会社って……と思うと、わたしは何とも言えない気もちになる。フランスでは、間違いは当然起こるものとして、そして、物事がスムーズに進みがちな日本では、間違いは例外的なものとして、認識されているのかもしれない。

（2013年7月）

緑のカーテン

篠田節子

マンション三階、南向きベランダ側は三尺のガラス戸部分を除き一枚ガラスのはめ殺し。庇があっても焼けたコンクリートの輻射熱は半端でない。引っ越してきたその年の夏、そこに置いた鉢植えの花々が、水を欠かさないのにすべて枯れた。

しまった、と舌打ちして考えた。苛酷な暑さに耐える強い植物を、コンクリート床部分に這わせればいいんじゃないか、と。「緑のカーテン」などというこじゃれた言葉が席巻するはるか前のことだ。思いついたのは、空き地を占領して繁茂するアレチウリ、棘だらけの実をつける嫌われものだ。さっそく移植ごてを手に裏の河原に下りるも、灌木を覆う勢いのこれの根っこを掘るのは容易でない。諦めてどうせならおいしい実のなるものをとハヤトウリを植えたが、蔓はわずかな日陰を求めてコンクリートの手摺りの裏へとひたすら逃げる。半日陰を好む植物だったと知ったのは、暑さに枯れたその後だった。

翌年、海岸の焼けた砂上に美しい花を開く軍配昼顔ならどうだ、と奄美大島に出かけるが、こちらは本土への持ち込みが検疫によって禁止されていた。代わりにゴーヤの苗を買って帰ってきた。だがプランターに植えたそれはジャックと豆の木のようにひょろひょろと天を目指す。摘心する必要があると知ったが後の祭。葉は茂らず日よけの用はなさず、しかも手を伸ばしても取れない階上との境に実がなった。脚立を持ち出して上れば、手摺りは足下だ。バランスを崩して「創作に行き詰まり⁉　女流作家　自宅マンションから飛び降り　ゴーヤを握り締め絶命の凄惨」などと週刊新潮に書かれるのもしゃくなので、収穫は断念。秋風の吹き始めた頃、一階エントランス付近に赤く透明な宝石のようなものがばらまかれていた。熟れて割れた実から落下した種だった。

さらに翌年、摘心も怠りなく大きめのプランター二つに、ゴーヤと琉球朝顔を植える。あっという間に枯れた。大震災と原発事故の年のことで、電力と水資源に配慮して風呂の残り湯を使ったのが敗因。入浴剤の成分が植物にとっては塩と同じだったとは。

そして昨年、もう失敗はできないと、それまで使っていた実家の庭土を市販の園芸土に替えた。それにしても水を買う、土を買う、という行為には、違和感と罪悪感と何か間違っとる！という怒りがつきまとう。後はすべてマニュアル通り、化学肥料に農薬に……。手づくりと工夫を排除したら見事に育った。しかし近所の廃屋の庭では地植えというか、地生えのゴーヤがそれより遙かに元気よく、破れた屋根を覆って繁茂している。

太陽光はあっても土のない場所に、プランターを持ち込んで行う緑化とは、こうまで気むずかしく金のかかるものだった。そしていよいよゴーヤの実が膨らみ始め、一カ月もすれば琉球朝顔の花も咲くか、と思われた夏の盛り、マンションの管理組合からお知らせが回ってきた。

「防水工事のため、ベランダの物干し、鉢植え等は、今月中にすべて撤去のこと」

（2013年9月）

ピアノ・レッスン

万城目 学

ピアノを始めたのである。

この二年間、週刊誌で小説の連載を続けていた。毎週、締め切りに追われる、ひたすら気の重い二年だった。連載がようやく終わり、私は駅前の音楽教室の「大人のクラシック教室初級」に申し込んだ。次の連載が始まるまで、少しの休みがある。その間に、いかに心身の健康を取り戻すか。ダラダラしているだけでは、あっという間に時間を浪費してしまう。ここは無理にでも何か新しいことを己に課し、限られた期間で、澱みきり、疲れきった我が心のリフレッシュメントを敢行することが急務と考えたのである。

なぜ、ピアノだったのか。それは唯一、楽器のなかで弾きこなせるものだったからだ。高校の頃に、ジョン・レノンやビリー・ジョエルのピアノ伴奏がメインの曲をかっこいいなあ、と思って、楽譜を買って練習を始めた。誰に教えてもらったわけでもないので、レベルとしては、アコースティック・ギターで取りあえずコードを弾ける兄ちゃんと同じくらいであろう。ゆえに、「初級」である。

さて、初回はいわゆるお試し無料レッスンというやつであった。この曜日に行きたいと教室に連絡したら、空いているクラスを勝手に選んでくれて、担当は女の先生になった。これから定期的にお金を落とす生徒になるかどうかの大事なときなので、レッスンでの扱いは完全にお客様である。

「取りあえず、これ、できますか」

ドからドまで、右手だけで弾けるかと訊ねられた。

弾いてみた。

おお！　と驚かれた。

「じゃあ、これ、できますか」

今度は左手もいっしょに同じドからドまで弾けるか訊ねられた。左右いっしょに、弾いてみた。

「すごい！」

またもや、絶賛された。人間、なかなかこんな数十センチ隣の至近距離から、満面の笑みでもって激賞を受けることはない。うれしかった。カアッ、と身体が熱くなった。さらには、たいへん楽しかった。お試しレッスン修了後、すぐさま受付で入会申込書に判を押した。まったくもって、チョロい客であった。

課題曲を与えられる。それを家で練習する。先生の前で披露し、改善点を告げられる、これがレッスンのすべてである。社会人の教室なので、それなりに受講料がかかる。ゆえにレッスン中、先生はいっさい無駄口を叩かない。私はただ黙々とピアノを弾き、先生は黙々と聴くのみである。

教室に通い始めて、半年が経つ。少しずつうまくなっている。それがわかるのが楽しい。一方で壁も感じるようになってきた。どんな短く簡単な曲でも、バッハは合わない、ということも知れてきた。もはや、心のリフレッシュではない。私はわかり始めている。どうやら、自分が本気になりつつあることを。

（2014年1月）

気配ばかりのお客さん

谷崎由依

母との電話がおもしろい。よく喋るひとなので、こちらはたいてい聞き役だ。このごろは愚痴っぽくなることも減り、昔語りのなかにはいつも何かしらの発見がある。

これは年始の電話をかけたときのこと。帰省できなかったわたしに、母が言う。

「今日びは盆や正月っつっても静かなもんや。おおぜいで集まることもないしの」ほやのう、とわたしも福井弁で返す。

「もう家らかってほんな家でないし」

地元の昔ながらの家は、来客があることを前提とした造りだった、と言うのだ。家のいちばんよい場所は二間続きの和室で占められた。「あれはの、お客さんのための部屋やったんや。結婚式やら葬式やら、みんな家でしたんやで」

言われて、なるほどと思う。生家にも広々とした、風通しと陽当たりのよい、仏間を兼ねた畳の間があった。親戚の家にも友人宅にもあった。濡れ縁で囲まれたその空間は、床の間に人形等が飾られているきりで、たまに子どもの遊び場となっても、汚してはいけない雰囲気があった。

調度品もそうだと言う。「小鉢や小皿も、ひとり五皿使ったら二十人でも百要るやろ」父方は父の兄弟姉妹でまず四人、奥さん旦那さん、子どももたくさん。二十人分では足りないかも。「布団かって要るし」遠方から来る親戚に泊まっていってもらうため。それで祖母はあんなに布団を買っていたのだ、と納得。家には布団売りなるものが来て、祖母は高価な布団を購入していた。ふかふかの羽毛布団が家族に供されることはなく、子ども心に謎だった。あれは客用だったのだ。

そうしたものを仕舞っておくのが押し入れであり、蔵だった。蔵には奥にふすまがあり、向こう側には幽霊がいると信じていた。「いっせいのせ」で、友だちとあけたら、詰まっていたのは布団だった。

「田んぼせなあかんかったでの。米作りは連帯が大事やで。もてなさんと」そして家族は隅っこで、はげた茶碗に煎餅布団で暮らしている。

なるほどなあ。

少し上の世代のひとにはは自明のことかもしれないが、高校を出て以来ほぼマンション住まいのわたしは感心してしまう。もてなしは、たいへんだっただろう。でもそういうのはもうない、と言われると、やはり懐かしく、さみしい。

目を瞑ると浮かんでくるのは、『遠野物語』の一節だ。山のなかにマヨイガという家があり、里びとが迷いこむ。花が咲き、馬舎《うまや》には馬、鉄瓶には湯が沸いて、きれいな膳椀がいくつもならんでいる。でも、人間は誰もいない。

掃き清められた畳の間。朱塗りの椀によい布団。支度された品々は、使われるのを待っている。物には、期待がこもっている。もう、お客さんは来ないのだとしても。

にぎやかな宴の気配が、しずかな仏間に満ちている。

（2014年3月）

猫の効用

夢枕　獏

猫を飼っています。

名前は、シャラクと言います。アメリカンショートヘアですね。何故、シャラクという名前がつけられたのかというと、ちょうど額のところに、〝王〟の字に似た模様があって、これが目のように見える。チベットで言う第三の目。

手塚治虫の漫画で『三つ目がとおる』、知ってますか。第三の目を持った、超能力のある少年。この少年の名前が写楽保介《しゃらくほうすけ》、相方の女性が和登《わと》さん――これ、コナン・ドイルのシャーロック・ホームズとワトソンですね。そんなわけで、額の〝王〟の模様が、第三の目に見えて、シャラクとなったわけです。

うちの娘が高校生の時に、わが家にやってきて、いつの間にか、もう、十二、三年はいるでしょうか。猫としては、もう、いい年齢です。

このシャラクですが、いつも眠っております。それも、家で一番気持ちのいいところを渡り歩いてはそこで眠っています。冬などは、陽当りのいい窓辺のソファの上とか、エアコンの吹き出し口とか、大好きですね。

ぼくがソファで横になっていると、いつの間にか、脚の間に入り込んできて、眠ってしまいます。

なかなか可愛い。

家に、かような生き物がいると、便利なことがあります。

たとえば、カミさんとケンカした時なんかに、猫のシャラクをだしにして、カミさんの機嫌をうかがったりするわけです。

カミさんとケンカしていて、そろそろ飯の時間になってくる。

そこで、シャラクを抱き上げて、

「シャラク、そろそろ腹が減ってきたんじゃないか。なんか、食べるかねえ……」

カミさんに聴こえるように言って、あちらの様子を見る。

これは、翻訳しておくと、

「そろそろ、晩御飯の時間が近づいてきたけど、いかがですか。さっきは私も言いすぎました。

私も反省しております。よろしければ、一緒に、いつものようにお食事でもどうでしょう」

カミさんにこう言っているわけですね。

なんだ、それなら直接言えばいいじゃないのと思う方もおられるかと思いますが、こっちにも多少の意地や照れ臭さがあるものですから、謝る、謝らないというあたりを、グレーゾーンにしておきたいわけです。

で、なんだかうやむやのうちに仲なおりをして、いつもの平和な時間が、なんとなくもどってきてしまうわけです。

このうやむや力というか、なんとなく効果というか、猫の持つ不思議な力に、ぼくは何度も助けられております。

猫はありがたい。困るのは毛が抜けることです。

セーターや、ウール素材のものに、毛がすぐについてしまうことです。しかし、家の平和のことを考えれば、そのくらいは我慢しなければなりません。

いや、猫さままさまであります。

（２０１４年３月）

雹の降った日

尾崎真理子

まだ、夏の初めというより、梅雨の半ばだったその日。勤め先の新聞社からの仕事帰り、自宅近くのそば屋さんで友人と会う約束をしていた。都心でも不安定な雲行きだったけれども、夕刻、ふと社内のテレビに目をやると、これから帰る三鷹と調布の境にあるその場所、その辺り一面が、真っ白な雪景色になっている！　いや、六月下旬に雪はあり得ない。よく見ると、それは降り積もった「雹《ひょう》」。川と化した低い土地の道路を、流氷のように横切っていた。

日も暮れて駅に着くと、通りは平穏さを取り戻していたものの、店へ向かう住宅街の細道は、石英の砂利が撒かれたよう。家にいたという友人によれば、二時半頃から「バリバリと」、屋根をたたきつけるように落ちてきて、その瞬間はビー玉ほどもあったらしい。帰り道、消え残った氷を手ですくってみたけれど実感が湧かず、これは大変だと気がついたのは、うかつにも翌朝になってのことだった。

まず、草いきれのような、何とも生々しい植物の匂いが漂ってきた。玄関脇の夏ツバキの木は、ちょうどその週、花が開き始めていたのに、蕾も葉も吹き飛ばされて半減し、穴があいた若葉も目立つ。細かくちぎれた葉や小枝が禍々《まがまが》しく散乱する道を駅へ急ぐと、ご近所の庭先で白い花をつけていた茎の細いアジサイは、ああ、やっぱり。ぐったりと頭《こうべ》を垂れている。家の主も今年の花はもうあきらめたのだろう、数日後には根元だけを残して伐採。〝彼女〟は夏を迎えることなく突然、逝ってしまった。

気象とは残酷なものである。人間たちは掃除が大変だとか、車の屋根に傷が付いたとか言ってしばらく騒いでいたけれど、雹は何より草木にとって、一方的に爆撃を受けたような災禍だったろう。ただ、六月は植物の生命力がみなぎる時期でもあったから、華奢な南天もツツジも、たちまち新しい枝葉を伸ばし始めた。「ベランダの鉢の中には、却って花を増やした強者もいたのよ」と、近くに住む別の友人は教えてくれた。

それでも。天から注ぐ光と水に恵まれることで成長し、偶然生えたその場所から逃げることはできない、もの言わぬ植物たちの無力と不自由を、生まれて初めて私は本気で想像した。

仕事柄、自然災害による人的事故も、収穫前の果物をすっかりやられた農家を取材したこともある。大学に入るまで過ごした九州の宮崎では、たびたび台風被害にも遭った。風雨で庭が荒れると、亡き母はその都度、肩を落としていたが、私はまだ幼く、青く、再生を当然のように信じていたのか、植物の命の喪失をこれほど自分の痛みとして感じたことはない。

雹の降った日。花も木も草も、強い香を放って泣いていたのだと思う。別離の悲しみの強さを「生木が裂かれるように」とたとえることがあるのは、この感覚につながるのではないか。

季節は変化し続けるが、ずっと、何度も、こうして思い返している。数キロ四方にだけ降り注いだ猛烈な雹は、もう若くない私の何かを、したたか打ったのだろう。


（2014年9月）

生きものたちと暮らす

髙村　薫

物心ついたころから身の周りに猫や犬がいた。昭和三十年代はまだ、犬や猫はペットという感覚ではなく、捨て猫を拾ったり、よその家で生まれた仔犬を譲り受けたりして、なんとなく飼っているというのが一般的だったが、それでもほぼ半世紀というもの、一度も犬猫の姿が絶えたことがないというのは、家族全員が相当な動物好きだったということだろう。私が小学生のころ、父が出張先の鹿児島から、犬を拾ったのでチッキ（鉄道小荷物）で送ると電話をかけてきて、母と一緒に最寄りの駅へ受け取りに行ったのをよく覚えている。リンゴ箱に入れられて大阪に着いたのは小さなメスの雑種で、その後タミと名付けられて、十数年わが家で暮らした。

一時期、捨て猫ばかり十五匹も飼っていたわが家も、いまは家族が減って私ひとりになり、生きものは家で暮らす猫が二匹、餌だけ食べにくる野良猫が数匹と庭の野鳥たち、虫、そしてときどき蛇、という具合である。わりに広い庭の大半が雑木林の上に四方が道路のため、わが家の庭は近隣に住む野良猫や小動物にとって恰好の通り道、もしくは住まいになっている。また、それだけ多くの生きものがおれば、寿命の尽きた野鳥がぽとりと地面に落ちてきたり、死期を迎えた野良猫がどこからかやってきたりもする。だからわが家の庭には、家で死んだ犬猫を含めて、数えきれない数の動物たちが埋まっている。

猫にしても犬にしても、わが家の場合はペットショップで気に入った個体を選ぶわけではないので、美男美女であったためしがない。いま家にいる二匹の猫も生まれつきの三本足だし、餌を食べにくる野良猫も、どこに目鼻があるのか分からないほど汚れている。それでも、猫という生きもののチャームポイントは、どうやら目鼻立ちが整っているところにはないらしいのが面白い。長年多くの野良猫と付き合ってきたなかで、近所の人びとにもたいそう可愛がられていたアラレという名前のメス猫は、とびっきり愛想はよかったが、とびっきり不細工だった。また、わが家にもう十五年も餌だけ食べにくるオスの野良も、見事なほどブ男なので、ブンちゃんと呼ばれている。

たとえ餌に不自由はなくても、野良猫が十五年も生きるのはたいへん珍しい。ブンは用心深く、餌をやっているのに一度も触らせてもらったこともない。ケンカが弱い上にメス猫にもフラれ続けてきたらしく、子孫を残した形跡もない。若いころはわが家を含めてあちこちで餌を貰っていたようだが、年を取っていまや痩せこけたボロぎれのようになり、それでもなんとか命をつないでいるので、心配で眼が離せない。

先日、溝掃除をしていると、通りすがりの見知らぬ若い女性が「ブンちゃんという黄色い猫を近ごろ見ないのだけれど、元気にしていますか」と声をかけてこられた。うちでご飯を食べていますよとお応えすると、「よかった！」とほんとうに嬉しそうな顔をなさる。それを見て私も嬉しくなったが、ブン本人は自分がこんなにみんなに気遣われていることを知るまい。

（2015年3月）

〝老いの力〟は〝終いじたく〟

中村メイコ

『暮しの手帖』から原稿の依頼……。たしかずいぶん昔に書かせていただいたことがあるというと、編集部の方が、わざわざ当時の原稿のコピーを送って下さった。三回ほど書かせていただいたようだが、なんと初回は（筆者は作家中村正常《まさつね》氏令嬢・映画女優十四才）とある。次が十六歳、そして三回目は、年齢はないが年号から見て、三十四、五歳の頃だと思う。いずれもその頃の少女の心情や、妻のたわいない思いが生意気につづられていて赤面のいたりである。

あれから五十年近く……私は現在八十歳、あいかわらず〝女優〟と〝主婦〟。子どもたち三人はりっぱな中高年になって、孫も三人。現在は八十三歳の夫と何十年ぶりかの二人暮らしである。二歳半から〝女優〟になっていたので〝仕事をする女優歴〟は七十七年で、二十三歳で結婚したので家事との両立も六十年近い。いつも「こんなものだろう……」という感じでバタバタとすごしてきたのだが、さすがに少々の〝老い〟を感じ始めた頃に大仕事が訪れた。〝終《しま》いじたく〟である。家族五人に姑と、父が亡くなってからの実家《さと》の母、そして仕事上の使用人たちと、かなりの大家族が住んでいた広い家は、なんとしても老人二人には無理ということで、売りはらって、小さなマンションに入ったのだが……ともかく〝ひっこし〟という大仕事のために〝過去〟と訣別しなければならない。これがけっこう心身共にエネルギーのいることであった。

まず〝資料〟なる膨大なモノ（写真、台本、衣裳、ビデオ、思い出の品々、トロフィー等々）が、まるで古い城壁のようだ。他人《ひと》が言うほど未練もなく、エッサエッサとダンボールに入れ、しっかりと封印して捨てた。心の中で「エノケンさん、ロッパさんゴメンナサイ！」などとつぶやきながら……。どうしても捨てられない品は親友美空ひばりからの手紙と、婚約中の夫からの手紙の束と、三人の子どもたちの育児日記。育児日記はそれぞれにとりあえず渡し、夫からの手紙の束は長女のカンナに「私が死んだらお棺に入れて」とたのみ、ひばりさんからのものは私の〝お大事箱〟に。じつにいさぎよく、グランドピアノやらシンセサイザーやら楽譜やらを処分している作曲家の夫のかたわらで、私もふり袖やらイヴニングドレスやら、アクセサリー、バッグ、ハイヒールなど、山ほど捨てることにした。生活用品も、ビリヤード台、コレクションの飾り棚など思い出の品も捨てきって、けっきょく大きなトラック七台分を捨てた。
こうして老夫婦の〝終いじたく〟には、ダラダラと三カ月ほどの日々がかかり、けっこう仕事をしながらの〝ひっこしさわぎ〟は、エネルギーのいる大仕事だったが、夫の「あとにのこった子どもたちのために、なんとか身体《からだ》が動くうちに、本人が本人の思い出を捨てないといけない。きれいに始末するのが親のエチケットってもんサ」という言葉にソーダソーダと老妻はうなずいた。というわけで、およそ五十年ぶり『暮しの手帖』への原稿は八十歳の私の〝終いじたく〟。これぞ〝老いの力〟である。

（2015年5月）

ウルトラマンの贈り物

朱川湊人

いい歳をしてますが、『ウルトラマン』が好きです。

知らない方は少ないと思いますが、昭和四十一年に放送された特撮番組の主人公で、はるかM78星雲からやって来た正義の宇宙人です。両手を十字に組んで発射するスペシウム光線は強力無比の必殺技ですが、地球上では三分間しか活動できないという弱点は有名ですね。

私は昭和三十八年の早生まれですから、『ウルトラマン』の第一回放送時には三歳半でした。まだ右も左もわからない頃ですが、映りの悪い白黒テレビで、ツルンとした顔のヒーローが怪獣と戦う勇姿を見た記憶が、しっかりとあります。その数週間前に来日したはずのビートルズのことはまったく頭に引っかかっていませんが、幼かった私には、そちらの方が大事件だったのだから仕方ないでしょう。

その前シリーズである『ウルトラQ』、後続の『ウルトラセブン』も含めて、当時の子供たちは、みんな〝ウルトラ〟に魂を惹かれてしまっていたものでしたが、私の中毒ぶりは、かなり重度であったと自負しています。

怪獣の名前はもちろん、登場エピソードのタイトルをすべて記憶していましたし（そこに若干、文系らしさが感じられますね）、上手下手はさておき、たいていの怪獣の絵は描くことができました。怪獣図鑑が一番の宝物で、まさしく寝ても覚めても……という状態でした。オリジナルのストーリーを妄想するのにハマッていたこともあります。

やがて成長して一時的に離れたこともありましたが、紆余曲折を経て、大学生の頃に出戻ってしまいました。以来、私の身の回りからウルトラマンや怪獣のフィギュアがなくなったことは一度たりともありません。この原稿を書いている今も五十センチ近くあるウルトラマンが、本棚の上で何かの御本尊のように胸を張っております。

わからない方には「しょせんは、お子さま番組だろう」という意識が、なかなか拭えないかもしれません。実際、子供だましと評されても仕方のない部分もありますし、私自身、すべてをいいと思っているわけでもありません。けれど中には、ヒーローの活躍が蛇足に思えるほど完成されたＳＦ作品もあれば、社会が抱えている問題（差別や紛争、兵器開発競争など）を、巧みな寓意性で表現している作品もあります。そういった硬質な部分が、それぞれのヒーローストーリーの隠し味になっているのは間違いないでしょう。そういう番組を子供の頃に見ることができたのは、本当に幸せなことでした。

子供の頃の私に、ウルトラマンがくれたものは本当に多いと思います。その中でも、もっとも大きな贈り物は、〝夢を見る力〟だったに違いありません。空想することの自由さ、そのワクワクするような面白さを私に教えてくれたのは、間違いなくウルトラマンでした。

そのおかげで、私は今も楽しく生きています。

（2015年7月）

今日の空

高橋幸宏

晴れて気持の良い日がしばらく続いたかなと思うと、その後は雨。その間隔が少しずつ狭まっているような気がする、そんな初冬です。

今日は朝から雨。外はしとしと……窓をつたう雨のしずくをぼんやりと見ながら思い出すのは、こんな情景。

晴れた朝、抜けるような青空、遠くには逝く夏を惜しむかのような雲がもくもくとわいている。季節の終わり。遠い記憶の中に在るそういった光景を想うたびに、胸が一瞬ぎゅっと締めつけられるような気持になります。夏真っ盛りのときには無い、季節の変わり目にこそ感じられる思い。そんなものを誰しも持つことがあるのではないでしょうか。

いや、誰しもというのは語弊があるかな。よく言われるように、西洋人は虫や鳥の鳴き声、風にそよぐ草木の音を、単なる「音」あるいは「雑音」としてしか捉えることが出来ないのだとか。そういう人たちには、季節の変わり目に憶える情感など、理解しにくいことかも知れません。侘び寂びにも通じる繊細な、日本人特有の感覚。

長い間釣りを趣味としてきた僕は、それもあって気候には特に敏感です。敏感とはつまり、影響を受けやすいという意味でもありまして。最近は頓《とみ》にその感覚が進み、身体がそれを素直に受けとめ、一喜一憂するようになっています。

そういえば4年前。その年還暦を迎えることになった僕は、誕生日を前にしたおよそ3カ月をロンドンで過ごすことにしたのですが、4月のはじめに向こうに行ってびっくり。記録に残るほどの天候の悪さで、連日の雨模様、しかも極寒という日々が続いたのです。おかげでせっかくのロンドンだというのにすっかり出不精になってしまう始末で。ですから、5月に入ったある日、カーテンの隙間から部屋に射し込む陽の光を目にしたときは、ストレートに救われる思いがしたものです。思わずパティオから中庭に出、太陽の光とおだやかな風を身体いっぱいで感じました。すると、心の奥からこみ上げて来る喜び……プリミティブでとてもシンプルな幸福感に包まれたのです。

単純なものです。人間なんて、しょせん自然の一部であるという言い古されたフレーズが頭をよぎります。人間が必死に自分の頭で考えてみても、天気ひとつで簡単に変わってしまう。

四季のはっきりした国に生まれ育った僕たちの強みであり弱点でもあるでしょう。繊細な感受性で敏感に季節の雰囲気を捉え、かえってそれに振りまわされてしまったりもする。

僕の唄の詞には、季節に関する情景や、それに懸かる想いのようなものがよく出て来ます。それによって生まれる叙情性は、この僕の頭の中の創造的な考えと、季節や天気の力との微妙なバランスの中で成り立っているような気がします。

ふと気がつくと、窓の外にはやわらかな陽射しが。雲が切れて青空が顔を出したようです。それだけで、やはり少し嬉しい気分……。

（2016年1月）

猫の陰口

岸 政彦

おはぎときなこという双子の姉妹猫を拾って飼って一緒に暮らして、もう16年になる。私と連れあいと4人家族で、ずっと暮らしてきた。おはぎは雑種の元野良のくせになぜか長毛で、穏やかで人懐こく、明るくて素直だ。きなこは短毛で、目が大きくて神経質で怒りっぽく、食べ過ぎで、どこか色っぽい。

私は動物とは言語を介在せずに愛し合うことが好きで、抱っこしたり撫でたりお腹に顔を埋めたりするときも一切喋らないのだが、連れあいはわりと擬人化するほうで、撫でながら必ず話しかけている。それもかなり独特の話しかけ方をしていて、いつもそれが面白い。最近はよく、おはぎを撫でながら、「みんながおはぎのこと好きだって言ってるよ？　みんながおはちゃんかわいいって言ってるよ？」とぶつぶつつぶやいている。

そうして撫でながら、そのうち、ニヤニヤ笑いながら「みんながおはちゃんのこと嫌いって言ってるよ」とか言いだした。私も「かわいそうなこと言うたるな！」と言いながらついつられて笑ってしまった。

たわいもないくだらない話だが、そのあとずっと、このことについて考えている。私たちは確かに、猫の陰口を言わない。

私たちは、飼っている猫や犬が、どれくらいかわいいか、美しいか、賢いかについて相手がうんざりするほど語る。あるいは、性格に問題があったり、あまり懐いてくれないことについて愚痴をもらす。しかし、たとえば友人の誰かに、飼っている猫について、真面目に陰口を言うことはない。

私はここに、なにかとても大きな、大切な秘密が隠されているような気がしてずっと考えているのだが、いまだによくわからない。

たとえば私たちは、猫とうわべだけで付き合ったりしない。猫について、あいつは根はいいやつなんだけど、やっぱりちょっと気が合わないところがあるなあとも言わない。猫と根本的な価値観が違うと感じることもない。ある猫について、「あいつはいつも言うことがコロコロ変わる！」とも言わない。

私たちは、猫を尊敬したりしない。猫に対して、ずっと信じてたのに、裏切られたといって嘆くこともない。猫を必死で説得することもない。猫と難しい交渉をすることもない。

私たちは、猫と一緒にいて気まずい空気になることはない。猫に待ちぼうけをくらわされることもないし、猫に約束を破られて悲しい思いをすることもない。

猫も私たちに、つらいこともあるけど毎日がんばっとるねえとも言わないし、サプライズで誕生日を祝ってくれたりもしない。

ある種の哲学では、言語とは世界であり、私たちはそこから出ることができないということになっている。しかし言語、あるいは世界の外に出ることは意外に簡単だ。私たちは毎日、この世界の外に出て、そこにいるおはぎやきなこを、無言で抱っこしたり撫でたりお腹に顔を埋めたりできるのである。

（2016年7月）

きなこは2017年のある朝、とつぜん亡くなりました。おはぎは22歳になりました。だいぶ歳を取り、認知症も進みましたが、元気です。4人家族が3人になりましたが、仲良く暮らしています。

集まってしまった　思い出

角野栄子

女が集まっておしゃべりをしていると、必ずと言っていいほど、「ものを捨てる、捨てられない」と言う話題になる。たいていは、捨てられない派が多くて、私はとっても安心する。たまに捨てる派がいて、「一つ買ったら、一つ捨てるわ」なんて言われると、「偉いのね」と嫌味の一つも言いたくなる。

家を建てる時、デザイナーが提案してくれた。「いろいろとお集めのようですから、そのための棚を作りましょうか?」

「いえ、この際、処分するつもりですから……」と言った私の言葉は信用されず、棚はつけられた。場所があれば並べたくなる。でも、それではいけない。この際、いいものだけを残して、せっかくの棚を美しく使おう。箱を二つ用意して、「可」「否」と書いた。ものの運命を決めようと言うのだ。

でも、いいものってなに？　悪いものってなに？

ほとんどは、散歩や旅の途中で見つけたものだから、ポケットサイズの小さくて軽いものが多い。ペットボトルのキャラクターキャップ、機内食についていた塩、胡椒の入れ物、浜辺で拾った陶片、マッチ箱に入った積み木。そんなとるに足らないものばかりを、ひとつひとつ事務的に振り分けていく……。ところが、それぞれがそれなりの思い出を背負っているから厄介だ。ついつい仕分けの手が止まってしまう。反対に心が動き出す。

十センチほどの堅い木のアフリカ人の像がある。高く結った髪の毛のとんがりは欠け、彫刻刀の刃あとには、埃が詰まっている。持っていることすら忘れていた。でも手にした瞬間、六十年も前、南アフリカの乾いた道の上にござを広げて、黒人の少年がこの像を彫っていた姿がぱっと浮かんできた。それはたまたま訪れた私でも心が裂けそうになるほど、ひどいアパルトヘイトの時代だった。でも、頭に桶を乗せて水汲みに行く女たちの歌声は美しく、地平線の向こうへ姿が消えても、いつまでも細く澄んで聞こえてきた。

卵みたいな形の石ころがある。なんだっけ、これは……？　裏返して見たら、「大菩薩峠」と書いてあった。そうだ。小学生だった娘が学校の遠足で行った時の、私へのお土産。

骸骨の人形もある。台の底についているボタンを押すと、体がくにゃんと動く、よくあるおもちゃ。これは、友達のメキシコ土産。骸骨だらけのお祭りを見てきたそうだ。私も行きたい、絶対行きたいと思いつつ、時が過ぎてしまった。

かくして仕分けは成功しなかった。「否」に入ったのは、たった五点かそこら。「否」の理由は、思い出が思い出せなかったから。残りはすべて、新しくできた棚に並べていった。ありがたいことに、まあまあ余裕で並べることができた。

「これ以上は増やさない！」私は固い決心をした……はずなのに、あれから十数年。ものたちは遠慮しいしい増えていき、もはや限界状態。「ちょっときゅうくつだけど、仲良く詰め合ってね」と私はものたちに語りかけている。

（2017年3月）

「ユニバーサル」の原点は温泉にあり！

広瀬浩二郎

全盲の僕は、「ユニバーサル・ミュージアム＝誰もが楽しめる博物館」の研究に取り組んできた。近年は触覚をテーマとする企画展、ワークショップを各地で開催している。そもそもユニバーサルとは何か。さまざまな実践を積み重ねてきた僕にとっても、この問いに答えるのは難しい。

やや唐突だが、ユニバーサルと聞いて、僕が想起するのは温泉である。ここでユニバーサルとは「湯に・バー・去る」、すなわち「多様な人々が同じ湯に入り、各自のバー（障壁）を取り去ること」と定義したい。「裸の付き合い」という言葉が示すように、障害や年齢、肩書に関係なく、万人が楽しめるのが温泉の魅力だろう。

視覚障害者でも友人、家族と温泉に出かける人は多い。広い湯船で手足を伸ばし、身体と精神をリラックスさせる。すべての入浴者を温かく包みこむ湯には、バーがない。初対面の人同士がごく自然に会話を交わすケースもよくある。たしかに、温泉は社会に潜む種々のバーを取り去る機能を持つ。だが、視覚障害者が温泉に入る際、多少の遠慮があることも忘れてはなるまい。視覚障害者にとって厄介なのは温泉内の移動である。裸の他人にぶつかるのは避けたい。白杖で無防備な人を押しのけるのも危険である。気持ちよく、安全に温泉を満喫するとなると、健常者に介助を依頼しなければならない。介助者が家族や友人なら、さほど気遣いすることもないだろう。それでも、相手のペースに合わせることは必要となる。「彼は体を洗い終わったようだ。こちらも急がなくては」「彼は落ち着きがない。そろそろ風呂を出た方がいいかな」などなど。いやはや「湯にバー去る」を実現するのはなかなかたいへんである。

先日、温泉の新たな楽しみを体験する出来事があった。平日の出張で、福島県のある温泉に宿泊した。たまたま深夜に、僕は一人で温泉に向かった。予想どおり、この時間に男湯にいるのは僕だけらしい。入口で「誰かいますか」と声をかけたが、返事はない。これはチャンスだ！　僕は白杖を片手に温泉探検を始めた。流れる湯の音で、なんとなく湯船の場所はわかる。僕は広い湯船の中を歩き回り、中央付近で思いっきり体を伸ばした。洗い場の位置を順番に確認していくと、端に階段がある。注意しつつ上がってみると、どうやら露天風呂のようだ。景色を見ることはできないが、僕は心地よい風と温泉のにおいを味わいながら、大声で『いい湯だな』を歌った。

福祉の文脈でユニバーサルを考えると、障害者も健常者と同じことができる環境を整えるために、介助者を手配するのが最重要となる。しかし、時にはあえて障害者を放し飼いにし、単独で動く自由を保障する発想も大切にしたい。それにしても、全盲男性がふらふら、よたよたと温泉を探検する。この怪しい姿をビデオ撮影したら、おもしろい作品になったかもしれない。いや、撮影する前に、まずは他人様にお見せできる体になるよう、ダイエットに励まなくては！

（2017年5月）

ヒトリダマリノミチ

安野光雅

中国地方をひとまわりする、高級夜行列車「瑞風《みずかぜ》」が走ることになり、私も多少の関わりがあって、津和野の美術館から『中国路』というスケッチ集を出すことになった。そのとき、美術館の広石という人が「富田《とんだ》の川崎に行きましょう」と言った。なぜ川崎なのかと聞くと、「思い出の地じゃあありませんか」と言うのである。

山陽線に乗って気をつけていると、徳山市（現・周南市《しゅうなん》）の背景にあたる山が見える。四熊《しくま》ヶ岳といった。そこは父の故郷で、兵隊にとられていた私は、ちょうど曼殊沙華の咲くころ、四熊へ向かう山道を帰った。弟が徳山の学校へ通う便を考え、川崎というところに兄弟二人で家を借りて自炊を始めたのは、戦後の昭和22年ころのはなしである。

そのころ、疥癬《かいせん》がはやって、私もどこからか感染し弟にウツした。疥癬というのは一種の難病で、そのころは適当な薬がない。湯ノ花というものを入れた白濁する風呂に入れば効くような気がするので、毎日のように風呂に入った。薬を入れた湯は、全身の痒いところを一斉に掻くようなものだから、疥癬になっていない人にはわからないだろうが、その気持ちのいいことは、なぜ疥癬にならぬ人があるのだろうと疑うほどであった。

そのうち、湯ノ花を薄めて塗ることにしたが、これが効くので次第に濃くし、せっかちなものだから、とうとう原液を塗った。すると、一種の火傷の症状となり、その夜は一睡もできず転げまわって苦しみ、朝になって体中のリンパ腺が痛んだが、ようやく出かけられた。

私は、そのころ測量のアルバイトをしていたため、川崎から徳山までバスに乗って通った。バス停で待っていると、遠くから人間満載のバスが近づきつつあった。

道の下からは、上下未晒しの朝鮮服を着た老婆が上がってきた。彼女は「バスキタカ」と聞いた。「モーリーヨ（知らないよ）」と聞きかじりの朝鮮語で答える。当然、知らないのではなく、朝鮮語の語彙が少ないのだ。「ニガチョウセンサリミヤ（あなたは朝鮮人なのか）」と老婆は言う。私は自分の朝鮮語を試したかっただけなのだ。「オボジーガチョウセンサリミヨ（父さんが朝鮮人なのだ）」と嘘を言った。老婆はこんなところで、朝鮮語のわかる男に出会ったことをよろこんだ。バスは近づいてきたが、当時のバスは常に満員で乗れそうにもない。

このことは、他でも書いたが、そのとき老婆は言った。

「ヒトリ　ダマリノミチ　ナガイ
フタリ　ハナシノミチ　ミジカイ」

このつたない日本語が、何を言おうとしているのか、この状況から判断してもらいたい。私は乗れたが、老婆は乗れずにバスは走り始めてしまった。

私には、詩よりも深く胸を打つ言葉となった。

いまもバス停はあったが、70年ばかり前のことだから、町並みはすっかり変わって、あの老婆と別れたのがどのバス停か、わからなくなってしまっていた。


（2017年7月）

葉っぱのトイレ

山極壽一

先日、小笠原の父島へ行ってきた。本土から24時間の船旅である。訪問者のほとんどは青い海に憧れてきた人たちだったが、私は山歩きをした。とっても変な島だ。もともとすんでいる哺乳類はコウモリしかいない。野ヤギとネズミ、そしてネコは近年人が持ち込んだ動物だ。本土でよく見られるサルトリイバラという植物に全く棘がない。これはアフリカにもあって、サルやゴリラが好んで実や葉を食べる。小笠原にはこうした哺乳類がいないので、棘を失ってしまったという。

私が泊まったのは、森に埋もれるようにして建っている小さなコテージで、テレビもラジオもない静かな場所だった。夜はゲッコウ（ヤモリ）の声を枕に眠り、朝は小鳥のさえずりで目覚める。ここではウグイスが一年中鳴いているそうだ。ふと見ると、天然記念物のアカガシラカラスバトがのんきそうに地面を歩いている。こりゃあネコにやられるなあと心配になった。

面白かったのは、このコテージが習慣にしている葉っぱのトイレである。見たところ西洋式の座るトイレだが、蓋がかぶせてある。蓋を開けるとプラスチック製のバケツの中に葉っぱが入っている。この中に排泄して、そばにある別のバケツから葉っぱをつかんでその上にかぶせる。大の場合は、別のバケツに入っている灰をその上にまく。この排泄物は下肥《しもごえ》にして畑にまくそうだ。素晴らしいリサイクル暮らしだと思った。

そういえば、アフリカの熱帯雨林でゴリラを追いかけていた頃も、葉っぱのトイレで用を足していた。森の中を転々と移動していくので、1カ所にせいぜい数日しかテントを張らない。トイレを掘るのも面倒だから、なるべくテントから離れた場所で排泄する。大のときは、ちょっと地面を掘って葉っぱをかぶせる。すると、すぐにフンコロガシが飛んできて分解してくれる。尻を拭くのにもってこいの葉っぱがあって、それを見つけると2、3枚ちぎってポケットに入れておけば、ちり紙を持ち運ぶ必要もない。まさに究極のリサイクルだ。

森の中には、いろいろな動物の糞が落ちている。それを調べていくと、どんな動物が暮らしているかがわかる。ゴリラの糞を割って見ると、フルーツの種や葉っぱの破片が出てくる。ゴリラは何でも飲み込んでしまうので、糞の内容物から何を食べているかがわかる。数日で分解されてしまうので、新しい糞を探して歩いたものだ。糞の数から、その場所にいるゴリラの個体数が推定できる。どこでも、だいたい1平方キロメートルに1頭の密度で暮らしていた。
自然の中でリサイクル暮らしをするには、せいぜいそのくらいの密度が適当なのである。ところが森を1歩出れば、人間はゴリラの10倍以上の密度で暮らしている。アフリカの農村でも300人を超える高密度で暮らしているところもある。これではトイレを作らざるを得ない。排泄物があふれかえって、土に戻せなくなるからだ。人間が定住をはじめて、トイレを作りだしたときが、自然に逆らう時代のはじまりだったに違いない。

（2017年7月）

肌で感じる

絲山秋子

花は、灯りのように周囲を照らし明るくする。

比喩ではない。夏の庭のサルスベリ、田園風景を縁取るカンナ、山道の脇に自生するユリ……鮮やかさやまぶしさは異なるが、花は光だと感じる。

自宅で花を生けると、明るさの届く範囲が花によって違うことがよくわかる。花のある空間にいると気持ちが爽やかになるのは、明るい場所できれいな空気に包まれる感触と近い。これは見た目や香りだけでなく肌で感じていることだと思う。

＊

人にはそれぞれ、苦手がある。

友達と話していても、たとえば水が勢いよく流れているのが怖いという人がいる。橋のように足の下に空間があるのがだめという高所恐怖症の人もいる。シメジなどのようにびっしり集まっているのが嫌だという人がいる。私の場合は洞窟が怖ろしい。観光地で面白がって鍾乳洞に行く人の気が知れない。「きっと前世の記憶だよ」などと冗談を言って笑うのだけど、どうしてなのかは説明できない。危険ではないと理屈でわかっても、苦手さは揺るがない。

これも肌で感じる好悪なのではないかと私は思う。たとえば空気の入れ替わりや、音の反響、周波数などを肌が感じて判断した結果なのではないだろうか。

＊

群馬に移住して十二年が経った。会社員時代に赴任したのが好きになったきっかけで、もとから縁のある土地ではなかったことを忘れてしまうほどに、馴染んだ。ここに住むと決めたことは正しかったと思う。人に言うのは恥ずかしいけれど、今でも毎朝「なんて美しい場所に住んでいるのだろう！」と感激しているのだ。

どうして群馬に住んだのかと聞かれるたびに、「景色が気に入ったから」と答えてきたのだが、なにか説明しきれていない思いがあった。もちろん赤城、榛名、妙義、浅間など山の姿もすてきだが、それよりも山と平野との距離や、三方を山に囲まれながら一方が関東平野に向かって開けていくという空間が好ましいのである。左右と背後は守られているが前方は開いている空間というのは、安心なのに開放感がある。喫茶店で隅っこの席が落ち着くのと同じことかもしれない。出張や旅先から戻ってきたとき、高速のインターや新幹線の駅を降りると、たとえあたりが暗くて見えなくても赤城山や榛名山の位置がはっきりとわかる。肌で空間を把握して、よく知っている場所に戻ってきたとわかる。心の底からほっとする。

実際に人間の皮膚は相当な情報を知覚していて、科学的な実証、研究も進んでいるらしい。いろいろな情報を頭のなかだけで比較していると、わからなくなったり、後で気持ちが変わることもある。だが、肌で感じること、肌が合うものは、言葉にはしにくいが迷いがない。信じていいものだと思う。

（2017年9月）

人生初のひとり旅

増田裕子

二十代の頃、ひとり暮らしはしていたけれど、ひとり旅をしたことがありませんでした。本当の自立は、たったひとりで旅ができるかどうかだ、と何かの雑誌で読んで、いたく感心していた私は、ある夏思い切って北海道へと旅立ったのです。

意気込んだわりには計画性もなく、行き当たりばったりでした。まず知人に勧められた二風谷《にぶたに》というアイヌの村を目指しました。そこは、映画『風の谷のナウシカ』に出てくるような素晴らしいところだと聞いたからです。

「ナウシカに会える村！」私の胸は高鳴りました。

しかしそんな妄想はすぐに打ち砕かれました。北海道の広さを甘くみていたのです。電車と路線バスを乗り継いでなんとかたどり着いた土地は、見渡す限りのだだっ広い平野。そしてナウシカがいるとかいないとか、そんなことはどうでもよくなるほどの暑さでした。小さな資料館で涼んでから、地図を片手にあてもなく、まただらだら汗を流しつつ歩き続け、バス停に着けば、ガーン！　夕方までバスはこない！　もはや歩く気力もなくし、呆然と道ばたに座り込んでいると、一台の車がやってくるではありませんか。藁にもすがる思いで手をあげました。

わあ、もしかしてこれが人生初のヒッチハイクってやつか。いや、なんかちがう。

ひげのおじさんが車を止めてくれ、「どうしたの?」と聞いたときにはもう私は助手席に乗り込んでいました。事情を話すと、「こんなとこ、しかもこんな暑い日に、歩いて移動するなんて無謀だよ」と驚く親切なおじさんは、アイヌのお土産屋さんの店主でした。お礼にお店に寄って木彫りのくまをひとつ買いました。

それに懲りて、次の日からはレンタサイクルで周辺を回ることにし、余裕で景色も楽しめ、ようやく北海道の旅！　という感じになりましたが、自転車にも限界はあります。遠い所へは行けず、物足りなくもありました。

そうこうしているうち、富良野の宿で、とあるバスガイドさんと出会いました。晩御飯を食べながら一連のとほほな話を報告すると、彼女は、「あらあなた、足がないなら、うちの観光バスに、ガイドの見習いのふりして乗っちゃいなさいよ」と提案してくれたのです。こうして私は、翌日から乗客十五名ほどの小さなツアーに同行するガイドになってしまいました。それからは次から次へといろんな場所に行けて楽ちんでしたが、バレやしないか？　話しかけられたらどうしよう？　とビクビク。ちっとも愉しめません。目的地に着けば最後に降り、乗るときは人数確認。なるべく目立たないようにしながらも、お客さんへの笑顔は絶やさず。がんばってそれらしく振る舞いました。

釧路の阿寒湖でガイドさんが教えてくれた「マリモの唄」。それをいつでも歌えるように必死で覚えたりもしました。座席に忘れ物がないか点検し、掃除をして一日が終了。デッキブラシで床を磨きながら、自分に問いかけました。

「何やってるんだ〜？　これが本当の自立か？」。旭川でバスを降り、一週間にわたる私の初めてのひとり旅は幕を閉じたのです。チャンチャン。

（２０１７年９月）

水が止まった！

尾畑留美子

蛇口をひねれば水は出るもの。そう思ってはいませんか。口を開けば空気が吸い込めるように、水もいつだって出てくるもの。私もそう思っていた。あの一月の凍てつく寒さの朝までは。

その日、目覚めたばかりの私はいつものように蛇口をひねった。すると、あら水が出ない。

蛇口の先っぽに顔を近づけて下から覗いてみた。が、やはり雫の一滴も出る気配がない。

「ねぇねぇ」

ダンナを呼んでみる。いろんなモノを壊すくせがある私は、「頼むから、君はむやみにモノに触らないで！」ときつく言い渡されている。修理上手なダンナがあれこれ蛇口を触ってみた。

しかし、出ないものは出ない。診断結果は、

「断水だね」

エ〜ッ！　断水ってのは水が止まることを言うわけで、朝のコーヒー一杯が飲めないってこ

とはお通じに影響があり、しかもその舞台となるお手洗いも使えないことを意味している。さらにその日は会社にお客様が来る予定なのに、このままじゃ顔も洗えないってこと⁉

そういうことになってしまったわけである。ここ佐渡島の半数もの家が断水したというニュースは当日午後には全国に駆け巡ったので、ご記憶の方もいるかもしれない。豊かな水を湛えた土地なのに、水が得られないとはこれいかに。断水はどこかの水道管が破裂して起こったらしく、各家、自宅の水道メーターをチェックすべしと連絡網。破裂しているなら、メーターはクルクル回っているという。だが皆さん、そもそも水道メーターがどこにあるかご存知か？

私は恥ずかしながら知らなかった。猛吹雪の中、家を3周したが見つけられなかった。そりゃそうだ。ネット検索したら水道メーターってものは地中にあるのだそうだ。ってことは、積雪の下である。今度はスコップ片手に雪かきに没頭する。やった！　20分後掘り当てた金脈、もとい水脈のメーターは微動だにしていない。良かった……が、ホッとしたのもつかの間、今度は手洗いが急務だ。玄関先の雪山を鍋に盛ってコンロで沸かし、だいたい水になったらトイレのタンクに注ぎ込む。よし、使える‼

すっきりしたら今度はお腹が空いてきた。棚の奥からレトルトパックを引っ張り出し、やはり雪を融かして温める。島に降る雪はきれいで、こんな時は使い勝手がいい。洗顔や風呂を諦めれば、数日なら耐えられそうな気がしてきた。鼻息荒く台所で仁王立ちする私にダンナが呟く。

「君、意外とたくましいんだね」

結局、我が家の断水は2日間で回復した。この期間が長いか短いかはさておこう。この断水事件は〝蛇口をひねれば水は出るもの〟と簡単に考える我々に、警鐘が鳴らされた貴重な機会であったことには間違いない。それからは大量の湯を張った風呂に浸かるたび、しみじみと水のありがたさをかみしめる私である。

（2018年5月）

赤いトタン屋根の小さな家

奈良美智

窓の外に牧草地が広がり、その向こうに森と山並みがある。夜になるとあたりは真っ暗で、月の無い夜は星々の瞬きが神秘的だし、満月の夜は懐中電灯なしで灯りの無い道を歩くことができる。そんなところに住んでいる。いつからなのだろう、ネオンが溢れる街が苦手になってしまった。

子供時代を過ごした北国の地方都市は、林檎の出荷量が日本で一番だった。緩やかな丘に建つ平屋の一軒家。屋根に上がると、周囲には林檎畑が広がっていて、振り向くと遠くに町が見えた。同じ市内でありながら、みんな市街地を町と呼んでいた。灯りの少ないところだったので、夜になると町の光は夜空に浮かぶ宇宙船のように魅惑的に輝いていて、振り返ると星々が静かに会話するように瞬いていたのだった。

赤いトタン屋根の上からの眺めは懐かしく愛おしい。草原に家々は点々としていて、のどかな風景の中を小学校に通っていたが、中学に入る頃には住宅だらけになってしまった。僕の子供時代は戦後日本の高度経済成長期と重なっていて、建築中の家がそこかしこに増え始めていた。遊び場だった原っぱは整地されていき、道路は舗装されて、小川はコンクリートのU字溝に代わった。自分の家も改築して2階建ての家になっていた。そして、10代になった自分は、家の周りの変化を気にすることも無く、町の灯りに惹かれロック喫茶に入り浸っていた。年上の連中と過ごすのは刺激的で、そこでは学校で習わない類いのものを多く学んだし、家を出て上京することが楽しみでならなかった。

　夜行列車で上野駅に着いた早朝を思い出す。ホームに差し込む陽の光に小さな塵が踊っていて、それは新生活を始める自分の気持ちのようだった。事実、東京での生活は新鮮で、目に映る何もかもが生き生きして見えた。自分を知る人のいない町は、自分の周りをフラットに見せてくれたし、興味のあることへ素直に向かうことができた。そして、僕はサブカルチャーにどっぷり浸かりながら美術を学び始めるのだ。そんな学生生活は結局33歳まで続くのだが、今でも学生時代を羨ましく思う。実力も無く無名でありながら毎日が楽しく、何より自由だった。絵を描くことがどんどん面白くなり、仲間も増えていった頃だ。

　そんなふうに学生時代を懐かしく思い出すような歳になってしまったが、気が付けば戻ろうとする記憶や場所がある。それはサブカルチャーに目覚めた10代でも、上京当時の踊るような朝の光でもない。なぜなのだろう、それは緩やかな丘に建つあの小さな平屋の一軒家なのだ。隣の家には羊がいて、赤いトタン屋根に上がれば延々と続く林檎畑が見え、振り返ると遠くに町が見える、あの小さな家なのだ。自分というものが確立されてもいない小さき者であった頃の風景。自分がどこをどう歩いて今ここにいるのかは偶然の賜物だが、心の中でより明確になっていくあの風景に再び出会うためにこれからを生きていくような気がしてならない。

（2018年7月）

雨の日に

藤田貴大

ひさびさの休日。どこからか、水滴の音。おんなじ間隔で、もう何分間も、ああして滴り落ちている。台所か、お風呂場からだとおもうけれど、蛇口を閉めにいく気にならない。椅子に、ただ腰をかけている。本を読む気にもならない。なにかをかんがえているわけでもない。しかしたまにこういう、なんにもない状態になることがある。いい気持ちでもわるい気持ちでもない。なんにもない時間。目はあけているけれど、なんにも見ていないかもしれない。

視界に、はいっているものはあった。葉がきいろく、つかれているのは知っていたけれど、長いあいだ、ただ水やりをしていただけの、これといってなにもせずにいた、窓際に佇んでいるフィカス・ウンベラータ。ぼくの背たけとおんなじくらいのフィカス・ウンベラータがこの部屋にやってきたのは、数年前。あの日もたしか、雨の日だったような気がする。しかしいよいよさすがに、葉のほとんどが床に落下してしまったので、なにかしてあげなくちゃ。だけれど、なんにもする気が起きない。とはいえ、このままだとおそらく枯れ果ててしまう。窓のそとは、雨。雨が降りつづく、六月。雨の日にやってきたフィカス・ウンベラータは、雨の月に果てようとしていた。彼（と勝手に決めつけてる）との思い出。なんともない日々のなか、彼はいつだって窓際にいた。思い出せば出すほど、とても不憫におもってしまう。なんにもする気が起きない休日だったけれど、ついにぼくは立ちあがった。携帯電話の画面から、どこかのだれかがいつだか、書き記したフィカス・ウンベラータにまつわる記述をさがして、たくさんの情報を仕入れる。どうやらフィカス・ウンベラータは、鉢のなかで根づまりを起こしてしまっているらしい。はやいところ、鉢から根っこごと引っこ抜いて、こまかく張りめぐらされた根っこの量をすこし減らすよう、切り整えていく必要がある。土から満足に栄養を補給できなくなってしまったようなので、土もあたらしくしなくてはいけない。フィカス・ウンベラータはゴムの木なので切り口から粘り気のつよい液体が出てくるから、軍手も必須。そして切るのは剪定鋏をつかうのがいい、とのこと。なので、そういうのも買いそろえなくてはいけない。うちにはなんにもない。彼を救うために、雨のなか。そとへ出なくてはいけない。傘をさして、物資を調達。帰宅。この勢いで、作業に取り掛からないと、もうしないだろう。もうしないというのは、彼の死を意味している。帰宅したその足で、彼を鉢から引っこ抜く。予想していた、まったくそのとおりの状態。調べたとおりに、ことを済ます。手を洗うために、台所へ。水滴の音は、ここからだった。蛇口をしっかり閉めなおす。土があたらしくなった、彼。窓のそとは雨だけれど、彼は淡い逆光を帯びて。なんだか神々しい。

翌朝。鉢のなかを覗いてみると、数本。キノコが生えていた。笑ってしまうほどきれいなキノコで、土が生きているのをかんじた。葉は、生えるだろうか。はじめて、そんなことに期待したような気がする。

（2018年9月）

気楽にいこう

千葉すず

アメリカに住んでいた時の家に久々に里帰りした。2時間かけて税関を通り、青空広がるロサンゼルスへ。レンタカー店に着くと、また長蛇の列。カウンターは10台ほどパソコンが並ぶが、スタッフは一人。唯一開いてるカウンターで楽しそうに話す客と店員。車借りるだけでそないに長々と面白い話ある？　これらのパソコンはダミーか?!　と内心つっこむ。けれど、イライラしてキレそうな人は見当たらない。

「そうやった！　ここはアメリカ。時間厳守なんて言葉は存在しない」と悟る。自分の番になると、定番の「How are you?」から。いやいや散々待たせてご機嫌いかがって！（笑）

「Thank you! How are you?」と一応返すと、店員は最高の笑顔で「聞いてくれてありがとう。とても良いよ」。いやあ～この状況でそう言えるってハンパない安定感！　脱帽です。

手続きが済み、「外に出れば分かる」とアゴだけで雑に案内されたが、誰もいない。迷っていると、お客さんらしきご夫婦が声をかけてくれた。「ここからここまでの車ならどれでもいいらしいよ」……どゆこと？　私、ちゃんとネットで車種を選び、支払いしてきてるんですけど。「あ、その車はやめといた方がいいよ。壊れてるみたいだから」と笑う。いや笑えないし（笑）。良さげな車を決めた私たちを見て、ご夫婦は満面の笑みで「お互いに良い旅を！」。なにもかもスケールが大きい。心地よい空気感。そう、ここはアメリカ。こんなふうにええ感じな、のんきとも言える海外の風を感じたのでした。

「信じられへん」「しょーもない」と笑えること、それは宝物。宝探しは素晴らしくて楽しいものだ。逆にきっちりしていること、こうあるべきだ、はしんどいのである。大事なことはそれじゃない。予約した車が壊れてても、親切な人によって救われて、最終ちゃんと走る車に出合えれば、それでいい。あるいは壊れたまま知らずに乗って止まったとしたら、それはハズレなんだけど、じゃどうすればよいかを考えて、そこからは前途多難の大冒険の始まりと思えばいい。家族みんなで呆れて笑って助け合って、のちのいいネタになるやん、と。

暮らしの中で人は立ち止まることが多い。ストレスにさらされ、悩みを抱え。でもわざわざ苦しむことを探し出し、掘り下げる必要はないのではと思う。どんな些細なことでも、どう捉えるかで気分は変わる。意識の持ちようでこんなにも幸せになれるんだ、ということを、私は海外に住んで学んだ。外国のテキトーでとぼけた、優しい人たちにたっぷり教えられてきた。

海岸で息子が、ローラーブレードを履いたムキムキでノリノリの黒光りのおっちゃんに話しかけられ、笑ってる。ヤバイかも。どしたん、と息子に聞くと「アメリカは日本と違って怖い人がいっぱいいいるから話しかけられても相手したらあかんで。気ぃつけや、って日本語で言われた」らしい。いや、どう見てもおっちゃん、あなたが一番怪しいし！　と笑けてきた。息子は「あの人いい人やで」と言う。理由は「日本語が話せたから」。なんじゃそりゃ（笑）。

（2019年1月）

瓦礫の中

村井邦彦

今から27年前に、東京からロサンゼルスに引っ越してきたのだが、その時に本を数百冊持ってきた。その中に1970年に中央公論社から出版された吉田健一の『瓦礫の中』という小説があり、最近読みなおした。200ページ余りのちょっと小さめの単行本で、水色の布張りの装丁が手になじみ、字もほどよく大きくて読みやすい本だ。長い間箱に入ったままだったから、背文字の部分だけ灰色に変色している。

日本が戦争に敗れ、進駐軍がいた1946年から、サンフランシスコ講和条約が結ばれた51年ぐらいまでの東京の話で、話の始まりの頃は、主人公と奥さんは、自宅が空襲で焼けてしまったので、庭に掘った防空壕で暮らしている。防空壕とは米軍の空襲で爆弾や焼夷弾が降ってくる時に避難する場所で、庭がある家には必ずあった。地面に穴を掘り、穴の上に戸板を乗せたようなもので、気休め程度の粗末なものが多かった。

主人公の住む防空壕は、市ケ谷駅から牛込のほうへ坂を上がった高台にあって、周囲はすべて瓦礫の山になっていて雑草がぼうぼうと生えている。朝起きて防空壕を這い上がり庭に出ると、眼前には燃え残った外濠の松並木、後ろには箱根連山の上に富士山が見える。工場や、何もかもが燃えてしまい、空気が澄み渡っていたのだろう。

客が来るので、主人公は新橋の闇市に行って餃子を調達するのだが、僕は本に出てくる闇市の大きさに驚いてしまった。闇市は新橋駅から虎ノ門まで、虎ノ門を左折すると芝までの広大な区域にあって、食料、衣料、鍋、釜、自転車までなんでも売っていたと書かれている。

思わずこの小説にどんどん引き込まれてしまったのだが、その理由は僕が1945年3月4日の生まれで、その日は東京大空襲の一週間ほど前だったからだ。この小説には、僕は生まれてはいたけれど、まだ記憶がない時代の事が書いてある。

母の話では、僕は市ケ谷から二駅はなれた信濃町の産院で生まれ、空襲の後、信州の伊那谷《いなだに》に逃れたそうだ。

いつ東京に戻ってきたのか知らないのだが、進駐軍のジープだとか、浮浪児と呼ばれていた戦災孤児の記憶がかすかに残っている。

僕が通った幼稚園は上野の寛永寺幼稚園で、隣は芸大、その向こうには国立博物館があった。

通園の途中、戦災孤児が園児の弁当を奪う事件があったそうだ。記憶にはないのだが、僕も奪われそうになり、弁当箱を抱えて必死に抵抗し、弁当を守ったそうだ。よほど食い意地がはっていたと思える。

その頃の事で忘れられないのは、蒸かしたジャガイモにバターを塗って食べた事だ。おいしかった。バターは進駐軍から流れてきた闇のものだったのだろうか。

今でも時々、家内にジャガイモを蒸かしてもらってバターをつけて楽しんで食べるのだが、食べると当時の事を思い出す。

『暮しの手帖』は、その頃に創刊されたらしい。

（2019年5月）

アフリカと私

知花くらら

昨年、海辺に小さな部屋を見つけて一目惚れ。少し古い建物で、波音の聞こえるリビングの壁は、薄いミントグリーンに塗られている。ちょっと背伸びして借りることを即決した理由は、アフリカでのある出会いにあった。

数年前、ケニアのマサイ族の村を訪れた時のこと。マサイ族はタンザニアやケニアの国境にまたがって暮らしている。慢性的な食糧難の中、牛飼いなどで生計を立てているマサイ族は野菜などの摂取が不足し、子供たちの成長に影響が出ることもあるという。貧しさを覚悟して村を訪れたのだけれど、彼らの美しい姿に圧倒された。手足もすらりと長く、美しい鼻立ち。村の女性たちはうんと着飾っていて、マサイ族お得意のビーズジュエリーが耳たぶや首元や手首にジャラリと揺れて、その漆黒の肌に美しく映えていた。

彼らは、遠い異国からやって来た私たちを精一杯もてなしてくれた。お父さんは、財産である山羊を一頭シメて、炭焼きにした肉を振舞ってくれた。すると、村の女性たちが次々に集まって来て、何やら私の肩に掛けてくれた。見ると、女性たちの身に着けているものと同じようなビーズ刺繍が施されたケープ。余裕のない暮らしの中で、異国からやってくる私のために、一肌脱いでくれたのだ。マサイのビーズ刺繍は、女性たちの誇りでもある。私が、贈り物に少し戸惑っていると、年長のお母さんだろうか、近寄って、私の頬を撫でてくれた。私のために祈ってくれているようにも見えて。その手は、アフリカの土を思わせるような匂いがした。

何を隠そう、私は大の布フェチ。刺繍や染めといった手仕事の布には目が無い。これまで旅先で見つけた民芸布たちは、大切にコレクションしてある。女性たちが作ってくれたそのケープもしまってあったのだけれど、ひょんなことから海辺の部屋を内見した時に、ふと、あのお母さんの手を思い出したのだ。大きな窓からは潮風が吹き込み、私の頬を撫でて通りすぎていく。それはとても爽やかで、穏やかで。この部屋の壁に、あのケープはきっと似合うだろうなと思った。ところどころ歪んだ手刺繍の大らかさが、海のゆるさと似ている気がした。宝物を壁に掛けて眺めていられる――。想像するだけで嬉しくて居ても立ってもいられなくなった。

海辺の小さな部屋を借りてから一年経つ。壁には、海風にマサイのビーズ刺繍が揺れている。この地球上にはいろんな暮らしがある。どんなに貧しくても、そこには文化があって手仕事があって。それはどんなに端正な工業品より、ずっと美しいと思う。歴史でもあり土地の匂いでもある。人々の指先の温かさと優しさでできている手仕事は、世界にたった一つだけなのだ。
　このマサイのケープも。ふと見やれば、窓の外に広がる海はアフリカへもつながっている。布が風に揺れるたびにあの手の温もりを思い出す。遠くにいても、私はいつだってお母さんたちの優しさに見守られている、そんな気がする。

（2019年9月）

余生の悩み

角幡唯介

四十歳を過ぎてから妙に年齢について考えることが多くなった。といっても老けこんだわけではない。そりゃあ三十代の頃と比べれば多少、体力と気力がおとろえているが、まだ探検のテーマは次から次へと生まれるし、書きたいことも増える一方だ。

来冬も一月から五カ月間、北極圏で長期の犬橇《いぬぞり》活動をおこない、グリーンランド、カナダの地球最北部を自由に駆けまわれるようになるために修行するつもりだ。今後五年間ほどこの修行を継続し、研鑽にはげみ、極地旅行者としての能力をたかめ、いつの日か、狩りをしながら無限に放浪できた百年前のエスキモーの域に達したいと思う。要するにまだやりたいことに満ちあふれ、人生の最盛期の途上にあるのを感じるのだが、その一方で、老後のことが頭に思い浮かぶようにもなった。人生が余生になったときに何をするか、そんなことを考えている自分がいる。

これは肉体のおとろえから生じる必然だ。登山に例えれば、三十代は肉体的にも経験値的にも上昇する一方だったので頂上しか見えなかったが、四十前後で頂点に達してみると、どうしても下りが見えてくる。これはある意味、衝撃だ。噂では聞いていた人生の下り坂、どうやらこれが本当にあるらしいことが判明するのである。

困ったことにこの下りは相当長そうだ。まだ頂上付近なのであと七、八年は北極圏で活動できるが、五十代になりそれが無理になったら、次に何をするか。仮に八十まで生きるとすれば、それから三十年も遊ばなくてはならず、これは今のうちに考えておかなければならない重要問題である。

明らかなのは、五十に入ってまったく新しい活動をはじめても身につかないだろうから、現在の活動をそのまま老後に継続させるのが望ましい、ということである。今、私は北極圏で狩猟をメーンに活動しているので、これまでは、老後は日本で狩猟免許をとり、近場の山や川で鹿や鴨などを撃って暮らそうと考えていた。

だが最近、北海道で犬橇をやればいいんじゃないか、との考えがとみに盛りあがってきた。北海道の原野に小屋を一軒買い、グリーンランドから自分の犬橇チームを連れてきて、そこで狩りをして暮らす。これは楽しそうだ。一生ものの遊びである。

しかしこれには問題がひとつある。私に家族がいて、しかも二年前に自宅を購入してしまったことだ。本当にこの北海道移住計画を実行するには、犬の世話のため、一年中現地で暮らさねばならず、家族も一緒に移住してもらう必要があると思われるのだが、妻のほうは「北海道は寒いから行きたくない」とまったく聞く耳を持ってくれないのだ。

とにかく余生に何をするのか、これが重要問題として頭の片隅に常にある。そして、自分は一生遊んで暮らすことしか考えていないらしいことを、あらためて認識した。

(2020年1月)

昨年、最高に幸せだった日。

みうらじゅん

プディングジャンガリアンハムスター（長いな……）の〝クリン〟が逃走した。ペットショップで買ってきてから一週間も経っていないのに。クリンからすれば何も逃走を企て、深夜こっそり遂行したわけじゃない。僕が組み立てたケージがちゃんと出来ておらず、上蓋と下蓋の隙間からどうにか身体をすぼめて出たまでのこと。聞くところによるとハムスターってやつは元来、砂漠などで生活してるらしい。

そりゃ、広い場所で駆け回りたいだろう。ケージに取り付けたホイールの中、いくら走ったって虚しいだけだ。君の気持ちはよーく分かるのだが、せっかくエサやトイレ用の砂、下に敷く柔らかマット、かじり棒、冬に備えパネルヒーターまで色々買い揃えた僕の立場も分かって欲しい。

「クリーン！」

住んでるマンションの部屋は三つ。どこもドアを閉めていなかったので隠れ場所はけっこうある。床を這い回りながら名前を呼び続けているのだが全く反応は無い。そりゃそうだ。命名してから数日しか経ってない。君に自覚がないのは当然だ。それに何も遭難してるわけでもなく、たっぷり〝自由〟ってやつを味わっているのだろうし、そう易々と出てくる気はないはずだ。

「クリーン!!」

ハムスターが部屋で逃げた時につかまえる作戦をネットで調べてみる。名前を呼ぶのも書いてあるが、ケージに向かってエサを落としていく作戦を実行してみた。さらにエサのまわりに片栗粉を撒き、ハムスターの足や手に付いた痕跡を辿っていくという、ドラマ『科捜研の女』に出てくるような捜索も試したが、一向に手掛かりは無い。またも、家具を退けたりして地道な呼び掛け運動を続けたが、逃走から四日が経過。エサも水も取らない生活はそろそろ限界ではないか「クリーン!!」。

シラミ潰しに部屋を捜したが、気になる場所が一つ残った。それは床に開いた五㎝四方の穴だ。そこは配線のためのものだが、床下に続いている。懐中電灯を照らし中の様子を窺ったが、人間の手がギリ入るスペースでさっぱり見えない。マンションの管理人にも相談してみたが、

「お気の毒ですが床板は外せません」とのこと。寝転んで、各所の床に耳を当て「クリーン！」と叫ぶ。君はそこで息絶える気か。とうとう七日目となった。撒いたエサも減ってはいない（予め、数はメモしてあるので）。こんなブルーな気持ちで日々を送る人生は辛過ぎるぜ……。

その夕方であった。配線孔の付近で何か動くものを発見っ！「ク、クリン!!」、慌てて走り寄り捕獲した。随分、痩せ細っていたが、ケージに入れると興奮醒めやらぬ様子でホイールの中を駆けまくっている。僕はこの日が最高に幸せな日だと感じた。

（２０２０年１月）

私の祝日

能町みね子

一九九一年二月九日土曜日は、私にとって忘れられない日です。

世間の話題を調べてみると、この頃は湾岸戦争の真っ只中で、この日は福井の美浜原発で大事故が起きた日でもあるらしい。

そんななか、私には特に何もありませんでした。

しかし、一九九一年二月九日だけは強烈に脳細胞に刻まれているのです。他人の誕生日や命日を除けば、自分の人生の中で日付を確かに覚えている日などこの日以外にありません。

小学校の卒業を控えたこの頃、私は家から近い公立中学校に進学することになっており、漠然とした不安と憂鬱を抱えていました。小学校は自由で楽しかったけれど、中学校は校則も制服もあり、先輩・後輩のピリピリした関係が生じるらしい。そんな面倒なものは勘弁である。できればずっと小学生のままでいたい。

私には、休みの日にひとりで自転車に乗り、気まぐれに田舎のほうをふらふら巡るという、今考えると少々子供にとって危なっかしい趣味がありました。実家のあたりはベッドタウンで、二、三キロも走れば畑が広がっています。誰もいない畑の中の道をのんびり流しながら、いろんなことを考えるのが好きでした。

この日はよく晴れていました。土曜だから学校は午前中でおしまい。私は家で昼ご飯を食べたあと、また自転車で街の南の古い開拓地のほうに行こうと考えました。

団地のいちばん奥、おそろしいドーベルマンを飼う山口さんちの横をかすめ、この先はもう畑と森です。知らない道があったので進んでみる。自転車がやっと通れるような細道です。道の両側は森になり、上り坂になり、ちょっとキツくなって自転車を押す。

不意に森が開けた。そこは、工事が止まっているやたら広い道。

その頃、そのあたりの畑と森を切り開いて広域農道を通す工事をしているのは知っていました。農道とは名ばかりで、車が高速道路なみにぶっとばす道。木々がそこだけごっそりないのでやたら空が広く、工事中だから車も全く入れない。からっぽの空間だけがある。ぽかんとした気持ちになって、しばらく道端のブロックに腰を下ろしていると、おとなしい野良犬が来ました。そこにいたのは野良犬と私だけ。車も人もいない、静かな土曜の昼さがり。晴れ。

ああ、今この日この時がいちばんなんじゃないだろうか。すべて止まらないかな。と、私は一時間くらいそこでぼうっとしていた。

そしてふと、記念にこんなすてきな日を覚えておこうと思い、一九九一年二月九日という日を永遠に頭にとどめることにしたのです。そのあとは何もない。たぶん私はおとなしく家に帰り、ご飯を食べ、寝たはずです。

もうあれから三十年近く経ち、私はまだ覚えています。「途切れた道と犬の記念日」は私にとって最も大事な「祝日」で、どうやらこの調子では死ぬまで忘れることはなさそうです。

（2020年1月）

騒音問題

白岩　玄

　昨年末に引っ越しをした。やっと物が片付いて、落ち着いて文章を書けるようになったが、まだ自分自身が新しい家に慣れていないのか、なんとなくのんびり過ごすことができずにいる。

　前の家はそれなりに気に入っていた。築四年のマンションで建物もきれいだったし、三ＬＤＫで収納も多かった。おまけにベランダがとても広く、南向きで日当たりも申し分なかった。

　それでも引っ越したのには理由がある。ひとつは家賃が高かったからだ。妻の職場からも近く、ぼくは家が仕事場でもあるので、多少高い程度なら目をつぶろうと思っていたのだが、やはり毎月のことになると、なかなか苦しくもなってくる。我が家には二歳の息子がいて、さらに今年二人目が産まれる予定だし、少しでもお金を貯めるなら家賃を下げた方がいいということになった。

　もうひとつは、騒音問題だ。始まりは、引っ越して割とすぐにかかってきた管理会社からの電話だった。階下の方から、うちがうるさいと苦情が出ている、足音や椅子を引く音なんかがかなり響いているとのことだった。それですぐに謝罪をかねて挨拶をしにいった。どうしても息子が走ったり、大きな音を立てたりしてしまうので、それが原因だと思うと説明し、今後は気をつけることを約束した。

とはいえ、二歳の子どもだ。大人の言うことを理解できる年齢じゃない。仕方がないので妻と相談し、厚さが一センチもある防音マットを買って家中に敷き詰めた。全部で十万円以上したので、かなり痛い出費だったが、背に腹はかえられない。

とにかく、そのマットのおかげで音は緩和されたようだった。でも階下の方いわく、まだ気になるくらいには響いているらしい。話している限り、相手はまともな方で、純粋に困っているみたいだったし、そうは言っても、さすがにこちらもこれ以上の対策は無理なので、管理会社に連絡し、マンションの構造の問題なのではないかと訊いてみた。でも、もしそうなら他の階でも同じ問題が起こっているはずだと言われ、こちらでは対応しかねる、当人同士でなんとかしてくれと突き放されてしまった。

それからは、息子が騒いだり大きな音を立てたりしないように気をつける毎日で、ある時期からは何も言われなくなったのだが、まったく気にしないわけにもいかず、まぁ家賃のこともあるし、引っ越そうかという話になった。

今のところ、新しいマンションでは、まだ苦情は来ていない。あいにく一階ではないため、今回も防音マットを敷いてはいるが、階下の住人があまり気にしない人であることを願うばかりだ。

それにしても、騒音問題は困ったものだ。いっそのこと、不動産サイトの絞り込み条件に「床が厚い」とか「子どもの足音ＯＫ」の項目を加えてほしい。この手の問題は、ちょくちょく聞く話だから、需要はあると思うのだが。

（２０２０年３月）

高齢ナンパ

姫野カオルコ

江戸川乱歩が大正14年に発表した小説では、下宿の大家さんが「もう六十に近い老婆」と説明されている。松田聖子や黒木瞳くらいなのに。

手塚治虫が昭和47年に発表した漫画では、食事シーンでいろりを囲む主人公（幼女）の祖母の腰が、床と平行なくらいに曲がって描かれている。集落の長老婆かと思いきや、祖母「五十一歳」と書かれている。叶姉妹より年下（のはず）なのに。

過去の名作を読みかえすと「エーッ!!」と声を出してしまう。初読したティーンのころには、気にもとめなかった箇所に。

なぜ気にとめなかったか。50歳も60歳も90歳も「同じ」だったからだ。わずか5年先ですら、TV電話だとか宇宙旅行だとかと同じように「架空」だった。それこそ小説や漫画に出てくる未来世界のように。

だからかえって、年をとることへの心配がなかった。年をとるということが想像できず、ゆえに心配できなかったのである。

若くなくなって初めて、この先もさらに年をとってゆくことが心配になる。心配して、アッそうだと気づく。人は生きていれば、全員もれなく年をとると。公平なのだと。とすれば、心配しているより、どう年をとるかだ。

母方の伯母は、大正9年に生まれ、平成17年に85歳で亡くなった。死因は大動脈解離。平成17年後半の半年間のみ病床にあったが、倒れる前日まで（平成17年前半まで）は元気で、一人暮らしをしていた。家の中も、庭も、それはきれいにしていて、畑での野菜作りも楽しんでいた。

顔は姪の私とは似ても似つかない。マリ・クリスティーヌそっくりで、兼高かおるにも少し似ていた。目鼻だちのはっきりした派手な顔なのである。性格も姪とはまるで似ておらず、社交的で陽気で、機転がきいた。

平成17年のはじめに（つまり亡くなる年に）、年賀の挨拶に実弟宅を訪ね、帰りはタクシーを呼んで帰った。60代半ばらしきドライバーだったという。自宅前で料金を支払おうとすると、

「お代はいらんわ」

とドライバーが金を返してくる。

「お代はええさかい、どうやろ、これを機会にわしと交際をしてくれへんか。同い年くらいやと思うねん。まずは茶飲み友だちからスタートせえへんか」

首をかきながら告白されたのだそうだ。自分の年齢を打ち明けて断ったものの、私にこの出来事を話す伯母はうれしそうだった。どうするとこのように年を重ねられるのだろう？　一歩でも家の外に出るときは身だしなみに気をつかっていたからか？

大乱歩や治虫氏に会って、秘訣を話しておいてほしかったものである。


（2020年3月）

人生を繕う

佐伯一麦

新型肺炎の流行は何処へ行き着くのか。大型連休を過ぎても、まだその先行きは見えない。五月の端午の節句の折には、古来、菖蒲湯に入る習慣があるが、これはもともと悪疫除けの風習だった。そんなことも、今年の初夏には切実に思い返された。このふた月余りは、家にいても気持ちが落ち着かず、新しいことを始めるよりも、これまでの人生の中で身に付けてきたことを振り返ったり、見直してみることのほうが心に沿うと感じられる日々だった。

例えば、読書。新刊本を読むのではなく、家の本棚をあらためて隅々まで眺め渡して、こんな本もあった、と気付いて取り出し再読する。萩尾望都のSF漫画『11人いる!』もその一冊で、連れ合いと一緒になった時に彼女が持参したのを目にして、自分もティーンエージャーの時に友人から借りた記憶が蘇ったものだった。還暦を過ぎての今回は、空気感染の伝染病やワクチン不足による集団感染の危機などが描かれていた暗合に驚きながらの再読となった。

高校生の時に初めて読んだトーマス・マンの『魔の山』は、アルプス山中にある療養所が舞台となって、生命の死と再生の必然が語られるが、これまでも入院するなど心が弱った折に、全集の一巻で持ち重りするにもかかわらず、荷物に詰めてきた。すっかり古びて、背表紙の文字も消えかかっている青い布張りの『魔の山』に前回触れたのは、北欧のオスロに暮らしていた二十年以上前だった。旅立った時は、アスベスト禍による肋膜炎と喘息による入院から数年経って、ようやく小康を得たところだった。度重なる体調不良から鬱も患うようになっていたが、さしずめ転地療養のような効果をもたらしてくれたのか、鬱症状が好転するきっかけともなった。彼の地で、夜型だったのを朝型に変えて、徹夜仕事は避けるように、と心がけた生活習慣はずっと続いている。今回は、通読こそしなかったが、「人間にとって病気とは何か」が議論されている箇所などを読み返しては、〈病気と死についての最も深い知識を通り抜けた向う側にある未来の人間性という構想〉の探求、と著者自身が自作について語っている言葉に格別な思いが向かった。

ノルウェーの冬は暗く長いので、寒さに閉じこめられた中で身体を温かく保ち、陰鬱な冬に対抗しようと部屋を飾るために絵織物の伝統が生まれたと聞いた。編み物も盛んで、セーターを手編みしている男性も見かけた。私がノルウェーから持ち帰って愛用しているものに、厚いウールのブルーグレーの靴下があり、その足裏には、穴をきれいに繕った跡がはじめからあった。異国の知人が義理の母から毎年クリスマスプレゼントにもらっていたうちの一足で、気にならなかったら、と渡されて喜んでもらい受けた。大事に使われてきたその靴下を履くたびに心が安らぐ。連休明けの好天気に恵まれた一日、セーターやズボン、靴下の綻びやほつれを点検しつつ衣替えをし、ノルウェーの靴下も仕舞いながら、もの同様、人生にも繕いの時間があってよいだろう、と思った。

（2020年7月）

宇宙の片隅にある庭で

三角みづ紀

わが家の窓から見える丘の上には、立派な一軒家がたくさんあって、立派な一軒家には立派な庭がある。夫と手をつないでお散歩をしながら、わたしたちは観察する。薔薇がきれいだね。あっちにはちいさな畑があるね。長いあいだ眺めていたら不審者になってしまいそうなので、なるべく、さりげなく。

三年半前に引っ越してきた札幌の部屋は、こぢんまりしたハイツの三階にあり、庭はない。鹿児島の実家で暮らしていたとき以外は、庭のある生活をしたことがない。

埼玉に住んでいたころ、隣に住むおばあちゃんが空き地に大勢の植物を植えていた。ここはみんなの庭だから、と言って、ぶっきらぼうに花の名前を教えてくれた。空が澄んだ日には洗濯物が干されて、いきおいよくはためいた。その庭がいつまでもおばあちゃんの大切な空間でありますように、と願った。引っ越したから、おばあちゃんの庭がどうなったのかは知らない。

庭に憧れがあるものの、所有したいという気持ちは、あまりない。自分でもふしぎに感じるが、わたしはおばあちゃんのあの庭がとても好きだった。ひどく雑多で、たんぽぽやアスターやわれもこうが咲いていた。ずいぶんと色褪せたプラスチックのバケツが無造作に置かれて、雨が溜まって虫が発生していた。おばあちゃんの宝物として存在する場所には、生命があふれていた。

小豆を洗っていたら、それらを思い出した。蛇口から流れでる水のなかで、あざやかな豆が揺れている。いのちがつまっている色。おばあちゃんの庭みたい。茹でこぼし、鍋にいれてひたひたの水で煮る。柔らかくなったら、砂糖と少しの塩で甘みをつける。汁気がとんだら冷めるのを待つ。そのあいだに白米ともち米を混ぜたものを炊いて、熱いうちにつく。小豆もお米も粒が残っているくらいがちょうどいい。ついたお米の半分で餡をつつみ、きな粉をまぶす。あとの半分は、餡でくるむ。

ふつふつと湯気が台所に満ちて、ふと、このおはぎをお弁当箱にいれて、おばあちゃんの庭で食べたいと思った。だって、あそこはみんなの庭だから。

おばあちゃんの庭は宇宙だ。土があり、雨が降ったら吸収し、植物が生え、虫だって生きている。隣の敷地の片隅に宇宙があると考えたら素敵だ。つくりだしたのは、ぶっきらぼうで愛おしいおばあちゃんだ。

いつかわたしも、みんなの庭を持ちたい。公園みたいに整っていなくて、生命にあふれているところ。気兼ねなく育てられる宇宙。季節を問わず、わたしは宇宙の庭を眺めるだろう。快晴の日には、地面に布を敷いて夫とおはぎを食べたい。おばあちゃんと、一緒に暮らす娘さんも招いて。粒が残ったおはぎは細胞になって、身体のなかでも、宇宙の片隅でも息づくだろう。

（2020年11月）

おまじないスカート

おーなり由子

「サーキュラースカートっていうんやで」

地味なグレンチェックの布をさわりながら、母が言った時、わたしは、なんて素敵なスカートの名前だろうと思った。

「サーキュラースカートってな、型紙がまあるく円になってるねん。フレアが大きくて贅沢なスカートやねんで」

得意そうに、これにしよう、と母は言った。説明しながら母も縫うのが楽しみになっているみたいだった。

10歳の時、洋裁が得意な母が、クラスで仲良しのみゆきちゃんとおそろいのスカートを縫ってくれた。みゆきちゃんとわたしはチビ同士で、背の順で前から一番目と二番目。どちらかがちょっと背が伸びたら、一番と二番が入れ代わったりして、いつも並んでいたので、仲良しになった。一緒に水泳教室に通って、しょっちゅうふたりで遊んでいた頃、母が「おそろいで縫おか」とスカートを仕立ててくれた。母は型紙を引くのが好きで、背丈の似たみゆきちゃんとわたしのなら同じ型紙で作れる、と思いついたのだろう。

サーキュラースカート！　おまじないの言葉みたい。

どこから手に入れたものだったのか、たっぷりの生地は細かなグレンチェックで、地味目のこげ茶が大人っぽく、楽しみだった。もしかしたら紳士物の生地だったのかもしれない。裁断した布を並べると、4枚はぎの丸い円。わあ、と胸が躍った。母はカタカタ、ダダーッとミシンの音をさせて、二週間ほどで二人分、縫い上げてくれた。

出来上がったスカートは太めの肩紐つき、肩がずれないように胸に一本、肩紐と同じ布が渡っているデザイン。丈が少し長めなのが、お姉さんっぽい。待ちわびていたわたしは、すぐに着てみた。

くるっとまわった。

「ほんまに、まんまるや！」

ふわーっと、お花みたいに大きく広がる裾。風が中に入ってくる。

わたしは何回もまわった。地味な色のスカートなのに、心の中はバレリーナのような、お姫さまのような気持ち。一瞬で素敵な女の子になった気がした。足もとが宙に浮かぶような、あの時の嬉しさは忘れられない。

サーキュラースカートっていうねんで、と得意げにみゆきちゃんに伝えると、みゆきちゃんもぴょんと跳ねた。くるくるとまわりながら一緒にいっぱい笑った。学校に行く時も縄跳びを跳んでる時も、そのスカートを着ると幸せな気持ちになった。

あの頃、おまもりのようだったサーキュラースカート。

着る魔法。服は暑さや寒さから身体を守るために着るものだけど、役目の半分は心のため。身体ではなく、心が着ているんだと思う。部屋に花を飾る時、花でお腹はふくれないけれど、景色が鮮やかになると、生きているのが嬉しくなる。

悲しかったり重苦しい気持ちの時、わたしはきれいな色のブラウスやセーターを着たくなる。今でもたっぷりしたスカートを着ると、あの時の幸福が、ふくらんでくる。

（2020年11月）

転居の怪

王谷　晶

年明けすぐのタイミングで引っ越しをした。普通ならなんてことない話だが、同業者は一様に「大変だったでしょう！」と労いを寄せてくれる。そう、独身の自由業が日本で賃貸物件を借りるというのは、物凄く面倒くさくて大変なことなのだ。たとえ年収が一千万円以上あっても、自営業というだけで家賃六万の部屋の入居審査に落ちる人すらいる。いわんや貯金も無い売れない専業作家をや。学校や会社や家庭などの組織に属していない人間は、虫以下のゴミカス扱いをされるこのくそったれ日本社会の洗礼を改めて浴びる儀、それが作家の引っ越しだ。部屋を借りて住む、そういう生活の基本のキの部分ひとつとっても、会社や配偶者や安定した実家親族等の「ケツモチ」がいないとままならない。その一切が無い自分にとって、今回の引っ越しはなかなかタフな案件になった。

それまで十年住んでいた板橋のアパートは、立地も家賃も申し分のない良物件だった。借りた当時はまだカタギの勤め人をしていたので、契約に苦労した記憶もない。しかし大家都合でそこを出ることになり、しょうがないので賃貸物件サイトなどを鼻歌まじりに眺めているうちに、「もしかして引っ越せないのでは」という恐怖が湧き上がってきた。

昨今はほとんどの物件が契約の際に保証会社の審査を通す仕組みになっているが、そこで見られるのは店子希望者の年収である。しかるに、自営業者というのは確定申告でもって己の収入と納税額を国に報告している。そしてこれは収入が低いほど税金が安くなるというシステムなので、みんな頑張って経費に回したりなんだりして相対的な収入を下げて申告する。そうなると、実際にはケツ毛程度の収入があっても、書類の上では毛穴も見えないような素寒貧《すかんぴん》の貧乏人が出来上がる。保証会社が見るのは当然この書類の上の数字だ。私も毎年真面目に確定申告を行っているので、ただでさえ低い収入が冗談みたいな数字となって納税証明書の上で踊っている。風呂なし三万のアパートくらいならなんとかなりそうだが、それ以上の物件の審査に通るとはとても思えなかった。身元のかたい保証人を立てればなんとかなるかもしれないが、兄弟も祖父母も従兄弟もおらず親族は同じく零細自営業の老いた両親だけ。退居のリミットは近付き、「住所不定無職」というフレーズが頭の中でちかちかと点滅しだした。四十年、一応それなりに頑張って働いて生きてきたのに、こんな簡単に住む場所を失ってしまいそうになるのか、この世は。えっ、あまりにキビし過ぎない？

結果としては、運良く奇特な大家さんに巡り合い、なんとか新しい住居に移ることはできたのだが、自分の生活が板子一枚下即ホームレスという状況にあるのを改めて実感した。この国は、あまりに転げ落ちやすく、あまりに這い上がりにくい。ケツモチのいない真の独身でも適当に生きていけるような優しい行政と世間様が欲しい。

（2021年5月）

さようならの庭

朝井まかて

　晴れた昼下がりに俄雨《にわか》が降ると、庭は目を覚ましたかのように明るくなる。木々や草の緑が鮮やかさを増し、鳥の声もよく響く。

　けれどもうすぐ、この庭ともお別れだ。近々、転居するのである。

　引越しを決意したのは昨冬、猫が亡くなった翌日だ。二十四歳という年寄り猫で、何年も前から「その日」を覚悟していたけれど、彼女は元気だった。毎日のように庭に出て草を食べては毛玉を吐き、蟬を獲り、蝶を追いかけていた。永遠に死なないのではないか。私は密かに妖怪化を期待したものだ。けれど老いは少しずつ顕わになってきた。書斎の机に飛び乗れなくなり食べる量が減り、それでも夜はホタホタとおぼつかない足取りで階段を上がり寝室に入ってくる。ベッドに抱き上げてやると私の胸の上で香箱坐りをする。以前はその重さに耐えながら眠ったものだけれども、もはや三分の二はあの世に行っている軽さだ。スタンドの薄明りだけを灯して彼女を撫でてやる。気がつけば腕の内側が冷たくて、蒲団が濡れている。おもらしをしたようだ。けれど彼女はさも満足そうに目を細めて私を見下ろしている。私も笑みを返して撫で続けた。

わが家は借家なので庭には埋められない。冬庭の花を摘んでお寺に行った。彼女は花の中に横たわり、お骨になった。

夜、夫と私はリビングで黙然としていた。

「引越しましょう。私たちには新しい目標が必要やわ」

突如、そんなことを口にしていた。彼女の最期のために夫婦で準備をして、私はそれこそずっと抱いていようと決めていた。けれど介護はたった二日で終わった。拍子抜けがして、このままだと二人して途方に暮れそうだ。夫はしばらく俯いていて、ふとソファから腰を上げた。しばらく自身のデスクでかさこそと音を立てているかと思えば、時を置かずに戻ってきて一枚の紙を差し出した。

「ええ物件あるねん」

古いマンションのチラシだ。二人とも居職であるので家に二つの仕事場が必要で、条件に合う物件は探してもすぐに見つかるものではない。チラシの家は不思議と我々の必要と好みを満たしていて、彼は何の当てもないのに取っておいたらしい。

まもなく、猫のお骨と共に大移動をする。終の棲家になるだろう。

けれど、この風景だけは持っていけない。春は赤四手《あかしで》の芽吹きと利休梅の白が美しく、夏は楓が室内まで青く染め、秋は一抱えもある薄《すすき》が銀色を靡《なび》かせ、冬は裸木のきっぱりと黒い線が浮き彫りになる。手入れらしい手入れもしないのに、いつも季節を恵んでくれた庭だ。書くことに疲れれば猫と一緒に風に吹かれた。厭なことや苦しい想いも溜息と共に風に流した。つくづくお世話になったと思う。

淋しいけれど、この掌中に留め得るものなど何もない。いくつもの別れを流れ流れて、こうして私はさようならの文章を書く。

さて今度は、どんな景色の中で生きるのだろう。


（2021年9月）

幸せだなぁ

和田　唱

こんなタイトルで、幸せのお裾分けをしてくれて嬉しいです、なんて喜んでくれる人は果たしてどれほどいらっしゃるのか。かく言う僕は「嫌味だなぁ」とか「そういうことは黙ってなさい」と思っていたクチで、間違ってもそんな自慢を発信するものか！　と決めていた。でも人生は冒険である。僕も45歳になったし、新たな境地を探ってみるのも悪くない。というわけで、「俺って幸せだなぁ」。

理由はいくつもある。大好きな音楽を仕事にできてる。落ち着ける家がある。概ね健康。結婚もできた。可愛い犬と猫と暮らし、車もある。家族間の仲も良いし、バンドだって色々あったけどいまだに続いている。うん、幸せである。これらにはもちろん、もっとこうだったら更にいいのに、と思うことはある。でも十分十分。

この「もっとこうだったらいいのに」の比重が高まると、人間ロクな事がない。思えば僕は長年そんな精神状態にあった。バンドの代表曲『GOING TO THE MOON』の決め台詞に「まだ足りないから～♪」というのがある。現在もステージで歌っている手前言いにくいが、実はこれが良くない（笑）。ローリング・ストーンズが"I Can't Get No Satisfaction!"と歌ったように、「全然満足できないぜ」と欲求不満を歌うことがロックンロールの一種のフォーマットというか正解になっていて、僕はこれに憧れを抱いていたのか、縛られていたのか、とにかく日常でも不足感を抱いていた。「俺の曲は甘く見られていないか？」「親が有名だから？」「なぜあのバンドの方が売れる？」「なぜ俺のガールフレンドは怒ってばかりいる？」「なぜ？なぜ？　なぜだーーー!?」とまぁ、こんな調子。

現在の僕はそんな気持ちのほとんどを手放してしまった。良い意味で「どうでもよく」なったのだ。長い時間がかかったけれど。だから失敗や傷は悪いものじゃない。そのたび学ばせ、助け舟のように新しい考え方を与えてくれるから。そんな自分の曲はついに円熟（？）してきて、ようやく納得のいくソングライティングが出来るようになってきた。かつては触れられたくなかった親のことも今はオープン。あの両親ありきの自分だし、誇りに思ってる。他のバンドが売れようが売れまいがどっちでもいい。実は自分達のCDが一番売れていた頃、僕はそこまでハッピーじゃなかったし、ライブでの動員数が一番多かった時より、なんと今の方が収入もある。そう、人生の「コツ」が分かってきた。自分の価値を認めてあげて、今のままで十分スゲェって思ってあげればいい。格好つけずに「手放せば」いい。あとは流れに任せよう。武道館でライブ？　アリーナでライブ？　もちろん実現したらスゲェーー!!　って興奮するだろう。でもそんなの、もはやどっちでもいい。実現しなくてもハッピー。

今の僕なら誰かの「幸せだなぁ」を素直に喜んであげられるだろうか。もしまだそのレベルに達していなかったら……それもどっちでもいいや（笑）。どっちでもいい僕はやっぱり幸せだなぁ。

（2021年9月）

『(I Can't Get No) Satisfaction』作詞・作曲　ミック・ジャガー、キース・リチャーズ

おらぁ観光客だ

しりあがり寿

いきなりだけど去年は還暦イヤーだったのね。ホント、もうジジイですよ。

で、実は自分の父親が59歳で亡くなってることもあって、なんとなく寿命60年で人生考えてて、60歳以降のこと考えてなかったのね。仮にいろいろ考えて60歳以降の計画なんて立てて、その前に死んだら悔しいじゃないですか。

で、気づいてみたら還暦父親越え一回り。早いなー、ビックリだな。それでなんとなく自分の人生をまとめてみようと思ったんだけど、何やってんだかよくわからないのね、自分。マンガ描いたり、展示やったり、いろんなことを気の向くままにやってきたんだけど、なんというか脈絡がないというかとっちらかってるというか、全部中途半端。オレは何のために生まれてきたんだろう？　みたいに還暦過ぎて自分探ししちゃったのね。

でね、今一番納得できる答えが「自分はこの世界に観光客としてやってきた」という見方。

そう考えると自分のフワフワした生き方も観光客だから仕方ないや、と納得できる。何かをなしとげることが人生の目標だったと考えるとしんどいけど、観光が目的でした、だとちょっと気が楽でしょ。

とにかく「この世界」の名所や名物をいろいろ観たり味わったりするために生まれてきたって感じ。そう考えると「この世」は観光地としておすすめだなー。人も自然もとにかくいろいろ見どころがある。ざっと自分の観光旅行を振り返ると、突然の両親宅へのホームステイから始まって、この世界の言葉覚えたり、ルール覚えたりして、だんだんこの世界に慣れてくると一人で電車にのって隣町とか小さなオプショナルツアーに出始めて、映画やアニメみたいな文化に触れて、いやまぁこの世界の人たちはオモシロイもの作るもんですなー、みたいに感心して、「思春期ツアー」でこの世界に生息する「女性」に出会ったりして、長期逗留する「家」ができて、そこを拠点にあっちこっち見て歩いて、その中でも興味のあった漫画家の「体験ツアー」に参加したり、「子育て体験コース」なんてのもやってみたり、この世界のいろんな場所を文字通り旅もできたし、B級グルメツアーでさんざんカレーやラーメン食ったし。

特別何も極めなかったし、楽しいことばかりじゃなくてハラハラすることやがっかりすることも多かったし、まだまだピラミッドも観てないし月にも行ってないし、やってないこと観てないことも山ほどあるけど、まぁまずまずの観光でした。

きっとこの世界はだだっぴろい無の大海に浮かぶちっぽけな島で、いろんな人が集まっては去ってゆく魅惑のリゾート。だからと言って旅の恥はかき捨てじゃなくて、ここは後から来る人のために綺麗にとっておきたいステキな場所だね。自分みたいなよそ者に、この世界の人たちはとても良くしてくれましたよ。ありがとう。そして、近所にできた牡蠣の店からはるか地球の裏側の秘境まで、まだまだ行きたいところがいっぱい。観光はまだまだ続く!!

（2019年1月）

随筆集『あなたの暮らしを教えてください』は、左記に掲載した「随筆」のなかから、テーマごとに編成し、全4冊のシリーズとしたものです。

『暮しの手帖』第4世紀26号（2007年1月）〜
第5世紀14号（2021年9月）

別冊『暮しの手帖の評判料理 冬の保存版』（2010年10月）
『暮しの手帖の評判料理 春夏の保存版』（2011年4月）
『自家製レシピ 秋冬編』（2012年10月）
『自家製レシピ 春夏編』（2013年4月）
『暮しの手帖の傑作レシピ 2020保存版』（2019年12月）

第3集となる本書では、「住まい、旅、生き方探し」にまつわる作品を選び、収録しました。

各文末の（）内の年月は、掲載誌の発行時期です。内容は総じて掲載当時のままですが、著者の希望により、一部加筆・修正を行いました。

著者紹介

谷川俊太郎（たにかわ・しゅんたろう）

1931年東京生まれ。詩人。散文、翻訳、絵本、脚本、エッセイ、作詞など幅広く作品を発表。52年第一詩集『二十億光年の孤独』刊行。以後、日本を代表する詩人として活躍。93年『世間知ラズ』で萩原朔太郎賞、2010年『トロムソコラージュ』で鮎川信夫賞、16年『詩に就いて』で三好達治賞など受賞多数。海外でも多くの国で作品が翻訳されている。

保里正人（ほり・まさと）

1970年愛知県生まれ。デザイナー。雑貨、アンティークのバイヤー。デザイン事務所勤務を経て98年独立。2002年原宿で北欧や日本の生活雑貨、アンティークをセレクトしたCINQ《サンク》をオープン。店舗の吉祥寺移転を経て、12年にヨーロッパ各地のアンティークを扱うSAML.WALTZ《サムエル・ワルツ》もオープン。オリジナル雑貨の企画やデザイン、卸販売も行う。

井上荒野（いのうえ・あれの）

1961年東京都生まれ。作家。89年『わたしのヌレエフ』でフェミナ賞を受賞してデビュー。2004年『潤一』で島清恋愛文学賞、08年『切羽へ』で直木賞、11年『そこへ行くな』で中央公論文芸賞、16年『赤へ』で柴田錬三郎賞、18年『その話は今日はやめておきましょう』で織田作之助賞を受賞。近著『あちらにいる鬼』『生皮あるセクシャルハラスメントの光景』など。

森村泰昌（もりむら・やすまさ）

1951年大阪府生まれ。美術家。85年、ゴッホの自画像に扮するセルフポートレイト写真を制作。以降、一貫して「自画像的作品」をテーマに作品を作り続ける。2006年京都府文化賞功労賞、07年度芸術選奨文部科学大臣賞、11年毎日芸術賞、日本写真協会賞、京都美術文化賞を受賞。同年紫綬褒章受章。著書『美術、応答せよ！』『自画像の告白』『自画像のゆくえ』など多数。

中村好文（なかむら・よしふみ）

1948年千葉県生まれ。建築家。81年設計事務所レミングハウス設立、87年『三谷さんの家』で吉岡賞、93年「一連の住宅作品」で吉田五十八賞特別賞を受賞。代表作に『三谷さんの家』『クリフハウス』『伊丹十三記念館』など。著書『住宅巡礼』『住宅読本』『中村好文 百戦錬磨の台所 vol.1・vol.2』他。

ぱくきょんみ

1956年東京都生まれ。在日韓国人2世。詩人。80年代より韓国の伝統楽器や舞踊を学び、ポジャギなど民族芸術を研究。主著に詩集『すうぷ』『何処何様如何草紙《いずこなによういかがそうし》』『ひとりで行け』、エッセイ集『庭のぬし　思い出す英語のことば』『いつも鳥が飛んでいる』、絵本『ごはんはおいしい』（写真・鈴木理策）『はじまるよ』（絵・熊谷守一）。共著にアンソロジー『韓国・朝鮮の美を読む』など。

馬場あき子（ばば・あきこ）

1928年東京都生まれ。歌人。日本芸術院会員。短歌結社「かりん」発行人。朝日歌壇選者。55年第一歌集『早笛』刊行。77年歌集『桜花伝承』で現代短歌女流賞、86年歌集『葡萄唐草』で迢空賞、94年に歌集『阿古父』で読売文学賞、97年毎日芸術賞、2000年朝日賞、03年日本芸術院賞など受賞歴多数。1994年紫綬褒章、2019年文化功労者、21年旭日中綬章受章。

内藤美弥子（ないとう・みやこ）

札幌市生まれ。陶芸作家。白磁の器やオブジェなどを制作。武蔵野美術大学卒業。ガラス会社勤務を経て築窯。1998〜2000年イタリアに在住。帰国後に作陶活動を再開。磁器土を手捻りで成形し、彫刻のように削って仕上げた一点物など、その作品には独特の佇まいと静かな存在感がある。個展を中心に作品を発表。

牧野伊三夫（まきの・いさお）

1964年福岡県生まれ。画家。広告制作会社退社後、個展を中心に活動。書籍や雑誌の挿絵、広告などでも活躍。2012、13、17年東京ADC賞、22年原弘賞受賞。美術同人誌『四月と十月』発行管理人、故郷である北九州市の情報誌『雲のうえ』編集委員。近著に『牧野伊三夫イラストレーションの仕事と体験記 1987―2019』『アトリエ雑記』『十円玉の話』『塩男』など。

大竹昭子（おおたけ・あきこ）

1950年東京都生まれ。ノンフィクション、エッセイ、小説、写真評論など、ジャンルを横断して執筆。2007年朗読とトークの会「カタリココ」、11年詩人や作家にことばを持ち寄って朗読してもらう「ことばのポトラック」をスタート。19年書籍レーベル「カタリココ文庫」創刊。著書『図鑑少年』『眼の狩人』『彼らが写真を手にした切実さを』『いつもだれかが見ている』など。

イェンス・イェンセン

1977年デンマーク生まれ。自遊業。2002年来日。デンマーク大使館員などを経て、日英メディアでの執筆や雑誌編集、講演、企業アドバイスなど幅広く活躍。北欧のライフスタイルや料理、デザイン、DIYなどを日本に紹介している。著書『イェンセン家のホームディナー』『日本で、ヒュッゲに暮らす』など。

高橋みどり（たかはし・みどり）

1957年群馬県生まれ。東京育ち。フードスタイリスト。大橋歩事務所のスタッフ、ケータリング活動を経て、87年フリーで活動をスタート。さまざまな料理本のスタイリングを手掛け、書籍や雑誌などで、器や食についての執筆も行う。著書『伝言レシピ』『ヨーガンレールの社員食堂』『おいしい時間』、共著『毎日つかう漆のうつわ』など。栃木県黒磯に雑貨店「タミゼ テーブル」がある。

吉谷桂子（よしや・けいこ）

1956年東京都生まれ。英国園芸研究家、ガーデンデザイナー。92年渡英、7年間英国に在住した経験を生かしたガーデンライフを提案。代々木公園で開催の東京パーク ガーデン アワードの「モデルガーデン」なども手掛ける。講師、テレビ出演、雑誌執筆でも活躍。著書『暮らしの寄せ植え』『花の楽しみ 育て方飾り方』など多数。

向井万起男（むかい・まきお）

1947年東京都生まれ。医師、エッセイスト。宇宙飛行士、向井千秋の夫。大リーグ野球好きで知られる。09年『謎の1セント硬貨 真実は細部に宿るin USA』で講談社エッセイ賞受賞。著書『君についていこう 女房は宇宙をめざす』『女房が宇宙を飛んだ』『人に言いたくなる アメリカと野球の「ちょっとイイ話」』など。

牧山桂子（まきやま・かつらこ）

1940年東京都生まれ。白洲次郎・正子夫妻の長女。2001年旧白洲邸「武相荘」を記念館として開館。09年著書『次郎と正子 娘が語る素顔の白洲家』が原案のテレビドラマ『ドラマスペシャル 白洲次郎』が放映される。著書『白洲次郎・正子の食卓』『白洲家の晩ごはん』『武相荘、おしゃれ語り 白洲次郎・正子の長女がつづる「装いのプリンシプル」』など。

堀井和子（ほりい・かずこ）

1954年東京都生まれ。食文化研究家。料理スタイリストを経て84年渡米。帰国後、写真、文、イラストを自ら手掛けたエッセイやレシピ本、インテリアや雑貨をテーマにした書籍を出版。2010年夫と「1丁目ほりい事務所」設立。著書『北東北のシンプルをあつめにいく』『早起きのブレックファースト』他多数。

外 須美夫（ほか・すみお）

1952年鹿児島県生まれ。医学博士。専門は麻酔科学。九州大学病院では年間約7500件の手術とペインクリニックおよび緩和ケアに携わり、痛みとは何か、痛みからどうすれば解放されるのかを研究。著書『痛みの声を聴け』『君も麻酔科医にならないか』『麻酔はなぜ効くのか？〈痛みの哲学〉臨床ノオト』『医者が走ってわかった「日本百走道」出張ランニングのすすめ（上・下巻）』など。

石川博子（いしかわ・ひろこ）

1958年東京都生まれ。ライフスタイルショップオーナー。スタイリストを経て、85年グラフィックデザイナーである夫と共同プロデュースする生活雑貨の店「ファーマーズテーブル」を表参道の同潤会アパートにオープン。10年恵比寿に移転。著書『ファーマーズテーブル』石川博子 わたしの好きな、もの・人・こと』他。

柏木 博（かしわぎ・ひろし）

1946年兵庫県生まれ。デザイン評論家。武蔵野美術大学名誉教授、英国王立芸術大学院大学（RCA）名誉フェロー。94年勝見勝賞受賞。98〜2000年文化庁メディア芸術祭審査委員。03年『田中一光回顧展』（東京都現代美術館）など、展覧会の監修も手掛ける。著書『デザインの20世紀』『家事の政治学』『日用品の文化誌』『視覚の生命力 イメージの復権』他多数。21年逝去。

木本文平（きもと・ぶんぺい）

1951年愛知県生まれ。碧南市藤井達吉現代美術館館長。愛知県立芸術大学非常勤講師（博物館学）、愛知県史編纂調査執筆委員などを歴任。日本近代美術を専門とし、愛知県を中心とした郷土作家の研究に携わり、美術・工芸家藤井達吉や、自画像の画家寛忠治の研究で知られる。著書『生きることは描くこと—杉本健吉評伝』他。

中江有里（なかえ・ゆり）

1973年大阪府生まれ。女優・作家・歌手。文化庁文化審議会委員。法政大学卒。89年芸能界デビュー。数多くのTVドラマ、映画に出演。読書に関する講演、小説、エッセイ、書評も多く手掛ける。著書に小説『万葉と沙羅』『水の月』『わたしたちの秘密』など。2023年1月配信シングル「なみだ、海へ帰す」リリース。

髙山秀子（たかやま・ひでこ）

1948年山形県生まれ。ジャーナリスト。米国紙『ボルチモア・サン』の記者を経て、87年に『ニューズウィーク』東京支局入社。政治、社会問題、朝鮮半島問題をおもに手掛ける。米国人ジャーナリスト、デイヴィッド・ハルバースタムの著書『The Reckoning』（日本題『覇者の驕り』）の日本側の取材を担当。著書に『国境の河—中朝国境 慟哭の岸辺に立って』など。

池内 紀（いけうち・おさむ）

1940年兵庫県生まれ。ドイツ文学者。文筆業、翻訳家として幅広く活躍。フランツ・カフカの評論、翻訳で知られる。79年『諷刺の文学』で亀井勝一郎賞、94年『海山のあいだ』で講談社エッセイ賞、2000年『ファウスト』の翻訳で毎日出版文化賞を受賞。『ウィーンの世紀末』『カント先生の散歩』など著書多数。19年逝去。

諸田玲子（もろた・れいこ）

1954年静岡県生まれ。小説家。96年『眩惑』でデビュー。2003年『其の一日』で吉川英治文学新人賞、07年『奸婦にあらず』で新田次郎文学賞受賞。著書『お鳥見女房』『あくじゃれ瓢六捕物帖』『狸穴あいあい坂』『きりきり舞い』などの時代小説シリーズや、『帰蝶』『女だてら』『麻阿と豪』など多数。

柴崎友香（しばさき・ともか）

1973年大阪府生まれ。小説家。2000年初の単行本『きょうのできごと』刊行、03年『きょうのできごと　a day on the planet』のタイトルで映画化される。10年『寝ても覚めても』で野間文芸新人賞、18年に映画化。14年『春の庭』で芥川賞受賞。著書『千の扉』『待ち遠しい』『百年と一日』、エッセイ集『よう知らんけど日記』『大阪』（岸政彦と共著）他。

中沢新一（なかざわ・しんいち）

1950年山梨県生まれ。人類学者。京都大学 人と社会の未来研究院特任教授。84年『チベットのモーツァルト』でサントリー学芸賞、2004年『対称性人類学 カイエ・ソバージュV』で小林秀雄賞、06年『アースダイバー』で桑原武夫学芸賞、16年南方熊楠賞など受賞多数。近著に『アースダイバー　神社編』『今日のミトロジー』など。

内田 樹（うちだ・たつる）

1950年東京都生まれ。凱風館館長。専門はフランス現代思想、武道論、教育論、映画論など。2006年『私家版・ユダヤ文化論』で小林秀雄賞、10年『日本辺境論』で新書大賞、11年著作活動全般に対して伊丹十三賞受賞。著書『ためらいの倫理学』『レヴィナスと愛の現象学』『下り坂のニッポンの幸福論』他多数。

川内有緒（かわうち・ありお）

1972年東京都生まれ。ノンフィクション作家。フランスの国連機関勤務などを経て、評伝、旅行記、エッセイなどの執筆を行う。2014年『バウルを探して』で新田次郎文学賞、18年『空をゆく巨人』で開高健ノンフィクション賞、22年『目の見えない白鳥さんとアートを見にいく』でYahoo!ニュース―本屋大賞ノンフィクション本大賞受賞。著書『晴れたら空に骨まいて』など。

太田治子（おおた・はるこ）

1947年神奈川県生まれ。作家。父は太宰治。母は『斜陽』のモデルと言われた太田静子。76年から3年間ＮＨＫ「日曜美術館」の初代司会アシスタントを務め、美術関連の著書も多い。86年亡き母への思いを綴った小説『心映えの記』で坪田譲治文学賞受賞。おもな著書『絵の中の人生』『石の花―林芙美子の真実』『明るい方へ父・太宰治と母・太田静子』など。

田口ランディ（たぐち・らんでぃ）

1959年東京都生まれ。作家。90年代後半からインターネットでメールマガジンを発行し、多くの読者を獲得する。2000年長編小説『コンセント』で作家デビュー。01年『できればムカつかずに生きたい』で婦人公論文芸賞受賞。著書『アンテナ』『モザイク』『キュア』『パピヨン』『逆さに吊るされた男』他多数。

小川 糸（おがわ・いと）

1973年山形県生まれ。作家。2008年のデビュー作『食堂かたつむり』が10年に映画化され話題に。同作はさまざまな国で翻訳出版され、11年イタリアのバンカレッラ賞、13年フランスのウジェニー・ブラジエ賞を受賞。12年『つるかめ助産院』、17年『ツバキ文具店』、20年『ライオンのおやつ』がNHKでテレビドラマ化。その他著書に『キラキラ共和国』『とわの庭』など。

ドナルド・キーン

1922年ニューヨーク生まれ。日本文学研究者。日本の古典から現代文学にいたるまで広く研究し、海外に紹介。日本文学の国際的評価を高めるのに貢献。62年菊池寛賞、83年山片蟠桃賞、90年全米文芸評論家賞など受賞多数。2002年文化功労者、08年文化勲章受章。東日本大震災後、12年日本国籍取得。著書『日本文学の歴史（全18巻）』『明治天皇（上・下巻）』他多数。19年逝去。

浅生ハルミン（あさお・はるみん）

1966年三重県生まれ。イラストレーター、エッセイスト。『猫座の女の生活と意見』『猫の目散歩』『猫のパラパラブックス』シリーズなど、猫関連の著書が多数あり、2009年『私は猫ストーカー』が映画化された。NHK Eテレ「オイコノミア」内のイラストレーションなども手掛ける。近著に『江戸・ザ・マニア』。

東 理夫（ひがし・みちお）

1941年生まれ。作家。アメリカ文化への造詣が深く、ミステリー文学、音楽、食文化などさまざまな分野で執筆。86年『スペンサーの料理』（馬場啓一との共著）で日本冒険小説協会大賞最優秀エッセイ賞、2011年『アメリカは歌う。』で国際理解促進図書優秀賞を受賞。ブルーグラス奏者としても活躍。

光森裕樹（みつもり・ゆうき）

1979年兵庫県生まれ。歌人。短歌、エッセイなどの執筆を中心に活動。特定の歌誌に所属しない独立系歌人。2008年「空の壁紙」50首で角川短歌賞、11年第一歌集『鈴を産むひばり』で現代歌人協会賞受賞。以降の歌集に『うづまき管だより』『山椒魚が飛んだ日』。13年に東京から沖縄県の石垣島に移住。

伏見 操（ふしみ・みさを）

1970年埼玉県生まれ。翻訳家。20歳の時、フランスに留学。洋書絵本卸会社、ラジオ番組制作会社勤務などを経て、フランス語、英語を中心に子ども向けの本を多数翻訳。おもな訳書に『うんちっち』『ぼくのせきをとったの、だれ?』など。著書にポール・コックスの絵で『ヘビと船長 フランス・バスクのむかしばなし』『日本の神話えほん』シリーズ『ちらかしさんとおかたしさん』など。

篠田節子（しのだ・せつこ）

1955年東京都生まれ。作家。ミステリー、SF、恋愛小説、パニック小説など幅広いジャンルの作品を発表。東京都八王子市役所勤務を経て、90年『絹の変容』で小説すばる新人賞を受賞しデビュー。97年『女たちのジハード』で直木賞、『ゴサインタン―神の座―』で山本周五郎賞、2009年『仮想儀礼（上・下巻）』で柴田錬三郎賞、19年『鏡の背面』で吉川英治文学賞など受賞多数。

万城目 学（まきめ・まなぶ）

1976年大阪府生まれ。作家。2005年『鴨川ホルモー』でボイルドエッグズ新人賞を受賞し、翌年デビュー。同作は09年舞台化・映画化される。11年『プリンセス・トヨトミ』、14年『偉大なる、しゅららぼん』が映画化。奇想天外な世界観の作風は「万城目ワールド」とも呼ばれる。近著『万感のおもい』『あの子とQ』など。

谷崎由依（たにざき・ゆい）

1978年福井県生まれ。作家、翻訳家。近畿大学文芸学部准教授。2007年「舞い落ちる村」で文學界新人賞、19年『鏡のなかのアジア』で芸術選奨文部科学大臣新人賞を受賞。著書『藁の王』『遠の眠りの』、訳書イーガン『ならずものがやってくる』、ブラワヨ『あたらしい名前』、ホワイトヘッド『地下鉄道』など。

夢枕 獏（ゆめまくら・ばく）

1951年神奈川県生まれ。作家。77年『カエルの死』でデビュー。89年『上弦の月を喰べる獅子』で日本SF大賞、98年『神々の山嶺（上・下巻）』で柴田錬三郎賞、日本冒険小説協会大賞、2011年『大江戸釣客伝（上・下巻）』で泉鏡花文学賞、舟橋聖一文学賞、同作で12年吉川英治文学賞を受賞。17年菊池寛賞など受賞多数。18年紫綬褒章受章。映画化やアニメ化、漫画原作となった作品も多数。

尾崎真理子（おざき・まりこ）

1959年宮崎県生まれ。文芸評論家。読売新聞編集委員を経て、2022年度まで早稲田大学教授。日本記者クラブ賞受賞。著書に『ひみつの王国　評伝石井桃子』（芸術選奨文部科学大臣賞、新田次郎文学賞）、『大江健三郎全小説全解説』、『詩人なんて呼ばれて』（谷川俊太郎と共著）、『大江健三郎の「義」』（読売文学賞）他。

髙村　薫（たかむら・かおる）
1953年大阪府生まれ。作家。90年『黄金を抱いて翔べ』でデビュー し、日本推理サスペンス大賞、93年『リヴィエラを撃て』で日本冒険小説協会大賞、日本推理作家協会賞、同年『マークスの山』で直木賞、2000年代に入ってからも読売文学賞など受賞多数。著書多数。『マークスの山』から始まる刑事合田雄一郎シリーズは、映画やテレビドラマ化もされている。

中村メイコ（なかむら・めいこ）
1934年東京都生まれ。女優。2歳の時、映画『江戸っ子健ちゃん』のフクちゃん役でデビュー。天才子役としてテレビ草創期から活躍。57年作曲家の神津善行と結婚、一男二女を設け、「神津ファミリー」として親しまれる。おもな受賞に日本放送作家協会賞、NHK放送文化賞、松尾芸能賞演劇優秀賞など。近著『大事なものから捨てなさい　メイコ流　笑って死ぬための33のヒント』。

朱川湊人（しゅかわ・みなと）
1963年大阪府生まれ。小説家。出版社勤務を経て、2002年「フクロウ男」でオール讀物推理小説新人賞を受賞しデビュー。03年「白い部屋で月の歌を」で日本ホラー小説大賞短編賞、05年『花まんま』で直木賞を受賞。著書『かたみ歌』『いっぺんさん』『今日からは、愛のひと』、児童書『時間色のリリィ』。

高橋幸宏（たかはし・ゆきひろ）
1952年東京都生まれ。ミュージシャン。1972年、サディスティック・ミカ・バンドへドラマーとして加入。78年、細野晴臣、坂本龍一とともにYMOを結成。国内外に大きな影響を残し、83年散開。ソロ活動と並行し、THE BEATNIKS、SKETCH SHOWなど様々なバンドで活動。ソロとして78年の1stアルバム『Saravah!』以来、数多くのオリジナル・アルバムを発表。2023年逝去。

岸　政彦（きし・まさひこ）
1967年生まれ。社会学者、作家、立命館大学大学院先端総合学術研究科教授。生活史、社会調査、沖縄についての著書を多く刊行。2016年『断片的なものの社会学』で紀伊國屋じんぶん大賞受賞、21年小説『リリアン』で織田作之助賞、22年『東京の生活史』（編著）で毎日出版文化賞を受賞。

角野栄子（かどの・えいこ）
1935年東京都生まれ。児童文学作家。24歳からブラジルに2年間滞在した体験をもとにした『ルイジンニョ少年―ブラジルをたずねて―』で作家デビュー。以来、数多く絵本・児童文学作品を発表。85年『魔女の宅急便』で野間児童文芸賞、小学館文学賞受賞。89年にジブリアニメ作品として映画化された。2018年国際アンデルセン賞作家賞など受賞多数。

広瀬浩二郎（ひろせ・こうじろう）

１９６７年東京都生まれ。文化人類学者、国立民族学博物館教授。13歳で失明。「ユニバーサル・ミュージアム」（誰もが楽しめる博物館）の実践的研究に取り組み、「触」をテーマとするイベントを全国で企画・実施。著書『それでも僕たちは「濃厚接触」を続ける！』『世界はさわらないとわからない』他多数。

安野光雅（あんの・みつまさ）

１９２６年島根県生まれ。画家、絵本作家。68年『ふしぎなえ』で絵本作家としてデビュー。風景画、装画、装丁、エッセイなどでも幅広く活躍。78年、80年ボローニャ国際児童図書展グラフィック大賞、84年国際アンデルセン賞、88年紫綬褒章、２００８年菊池寛賞、12年文化功労者など、国内外で高い評価を得る。著書『繪本平家物語』『ＡＢＣの本』『旅の絵本』他多数。20年逝去。

山極壽一（やまぎわ・じゅいち）

１９５２年東京都生まれ。霊長類学者、総合地球環境学研究所所長。２０１８年日本人類学会功労賞、21年南方熊楠賞、23年アカデミア賞受賞。ゴリラ研究の第一人者としても知られ、著書も多い。著書『京大総長、ゴリラから生き方を学ぶ』『虫とゴリラ』（養老孟司と共著）『猿声人語　進化の途上でこの社会を考える』など。

絲山秋子（いとやま・あきこ）

１９６６年東京都生まれ。小説家。２００３年『イッツ・オンリー・トーク』で文學界新人賞を受賞しデビュー。04年「袋小路の男」で川端康成文学賞、05年『海の仙人』で芸術選奨文部科学大臣新人賞、06年『沖で待つ』で芥川賞、16年『薄情』で谷崎潤一郎賞受賞。著書『逃亡くそたわけ』『ばかもの』『御社のチャラ男』『まっとうな人生』他多数。05年より群馬県高崎市在住。

増田裕子（ますだ・ゆうこ）

東京都生まれ。歌手、タレント。１９９９年平田明子と音楽ユニット『ケロポンズ』結成。子ども向け番組やフジロックへの出演など幅広く活動中。YouTube動画「エビカニクス」の再生は累計１億２０００万回突破（23年３月）。『ねこのおいしゃさん』（絵・あべ弘士）『いろいろおんせん』（絵・長谷川義史）など絵本も執筆。

尾畑留美子（おばた・るみこ）

１９６５年新潟県生まれ。佐渡で明治時代から続く「真野鶴」五代目蔵元。映画会社勤務を経て、95年酒蔵を継ぐ。２０１４年廃校を仕込み蔵として再生させた「学校蔵プロジェクト」を開始。17年『Forbes Japan』で「ローカルイノベーター55人」に選ばれる。20年『the Japan Times』の「SATOYAMA大賞」を受賞。著書『学校蔵の特別授業　佐渡から考える島国ニッポンの未来』。

奈良美智（なら・よしとも）

１９５９年青森県生まれ。現代美術家。眼差しの鋭い少女や犬をモチーフとした作品が有名。ロサンゼルス現代美術館やニューヨーク近代美術館に作品が収蔵されるなど世界的に高く評価され、国内外で展覧会を数多く開催。２０１０年ニューヨーク国際センター賞、13年芸術選奨文部科学大臣賞受賞。著書に絵本『ともだちがほしかったこいぬ』がある

藤田貴大（ふじた・たかひろ）

１９８５年北海道生まれ。劇作家、演出家。２００７年演劇ユニット「マームとジプシー」を旗揚げ。11年『かえりの合図、まってた食卓、そこ、きっと、しおふる世界。』で岸田國士戯曲賞受賞。13、15年今日マチ子の漫画『ｃｏｃｏｏｎ』を舞台化、16年同作で読売演劇大賞優秀演出家賞受賞。著書にエッセイ『おんなのこはもりのなか』、小説『季節を告げる毳毳《けばけば》は夜が知った毛毛毛毛《もけもけ》』など。

千葉すず（ちば・すず）

１９７５年神奈川県生まれ。元競泳選手。小学校5年生で４００メートル自由形の日本学童新記録を樹立。92年バルセロナオリンピック、96年アトランタオリンピック出場。２０００年現役競泳選手引退。02年カナダ時代の練習仲間である山本貴司選手と結婚。04年夫とともにパートナー・オブ・ザ・イヤー２００４受賞。

村井邦彦（むらい・くにひこ）

１９４５年東京都生まれ。作曲家、音楽プロデューサー。「翼をください」や、札幌オリンピックのテーマ「虹と雪のバラード」の作曲者。大学在学中から作曲を始め、ザ・タイガース、赤い鳥他多くのアーティストに作品を提供。77年アルファレコード設立。プロデューサーとして、荒井由実、ＹＭＯなどのアーティストを世に送り出す。アメリカ在住。著書『村井邦彦のＬＡ日記』など。

知花くらら（ちばな・くらら）

１９８２年沖縄県生まれ。モデル。２００６年ミス・ユニバース世界大会準グランプリ。多数の雑誌でモデルを務める他、ＴＶ・ラジオ・ＣＭでも活躍。07年国連世界食糧計画（ＷＦＰ）のオフィシャルサポーターに就任し、日本親善大使を務めるなど22年まで約15年活動。19年初の短歌集『はじまりは、恋』刊行。21年京都芸術大学建築学科を卒業し、22年二級建築士試験に合格。

角幡唯介（かくはた・ゆうすけ）

１９７６年北海道生まれ。探検家。２０１０年『空白の五マイル』で開高健ノンフィクション賞、11年同作で大宅壮一ノンフィクション賞などを受賞。13年『アグルーカの行方』で講談社ノンフィクション賞、18年『極夜行』でYahoo!ニュース｜本屋大賞ノンフィクション本大賞、大佛次郎賞受賞など。近著『狩りと漂泊　裸の大地第一部』。

みうらじゅん（みうら・じゅん）

1958年京都府生まれ。イラストレーターなど。80年大学在学中に漫画家デビュー。以後、作家、ミュージシャンなどで多彩に活躍。97年造語「マイブーム」が新語・流行語大賞受賞語に。2005年日本映画批評家大賞功労賞、18年仏教伝道文化賞沼田奨励賞を受賞。著書『アイデン&ティティ』『マイ仏教』『人生エロエロ』シリーズ『「ない仕事」の作り方』、共著『見仏記』シリーズなど。

能町みね子（のうまち・みねこ）

1979年北海道生まれ。エッセイスト、イラストレーター。著書『雑誌の人格』シリーズ、『週刊文春』のコラムをまとめた『言葉尻とらえ隊』シリーズ、『私以外みんな不潔』『結婚の奴』『私みたいな者に飼われて猫は幸せなんだろうか?』など。雑誌やウェブ連載の他、テレビやラジオにも多く出演。

白岩 玄（しらいわ・げん）

1983年京都府生まれ。作家。2004年『野ブタ。をプロデュース』で文藝賞を受賞しデビュー。同作はテレビドラマ化され、70万部のベストセラー。著書『空に唄う』『未婚30』『世界のすべてのさよなら』『ヒーロー!』『たてがみを捨てたライオンたち』『ミルクとコロナ』（山崎ナオコーラと共著）『プリテンド・ファーザー』など。

姫野カオルコ（ひめの・かおるこ）

姫野嘉兵衛の別表記もあり。1958年滋賀県生まれ。小説家。90年出版社に持ち込んだ『ひと呼んでミツコ』で単行本デビュー。2014年『昭和の犬』で直木賞、19年『彼女は頭が悪いから』で柴田錬三郎賞を受賞。著書は他に『受難』『ツ、イ、ラ、ク』『終業式』『リアル・シンデレラ』『青春とは、』など。独異の文体で万人には好かれない作風。

佐伯一麦（さえき・かずみ）

1959年宮城県生まれ。作家。雑誌記者、電気工などの職に就きながら、84年「木を接ぐ」で海燕新人文学賞を受賞してデビュー。90年『ショート・サーキット』で野間文芸新人賞、91年『ア・ルース・ボーイ』で三島由紀夫賞、2014年『還れぬ家』で毎日芸術賞、20年『山海記』で芸術選奨文部科学大臣賞など受賞多数。近著にアスベスト被害をテーマにした『アスベストス』がある。

三角みづ紀（みすみ・みづき）

1981年鹿児島県生まれ。詩人。2005年第一詩集『オウバアキル』で中原中也賞、06年第二詩集『カナシヤル』で南日本文学賞、翌年同作で歴程新鋭賞を受賞。14年第五詩集『隣人のいない部屋』で萩原朔太郎賞を受賞。08年から朗読や歌などのステージ活動も行い、あらゆる表現を詩として発信し続けている。

おーなり由子（おーなり・ゆうこ）

1965年大阪府生まれ。絵本作家、漫画家。82年少女漫画雑誌掲載の「路地裏の風景」で漫画家デビュー。92年からおもに絵本作家として活躍。著書に『てのひら童話』シリーズ『天使のみつけかた』『ひらがな暦』『ワニのガルド』他多数、訳書『おにいちゃんといもうと』『ごはんのじかん』など。NHK『おかあさんといっしょ』の歌の作詞も手掛ける。

王谷 晶（おうたに・あきら）

1981年東京都生まれ。小説家。著書『あやかしリストランテ　奇妙な客人のためのアラカルト』『探偵小説には向かない探偵』『完璧じゃない、あたしたち』『BL古典セレクション3　怪談奇談』『どうせカラダが目当てでしょ』『ババヤガの夜』など。

朝井まかて（あさい・まかて）

1959年大阪府生まれ。作家。2008年『実さえ花さえ』（文庫は『花競べ　向嶋なずな屋繁盛記』と改題）で小説現代長編新人賞奨励賞を受賞してデビュー。14年『恋歌』で直木賞、18年『悪玉伝』で司馬遼太郎賞、21年『類』で芸術選奨文部科学大臣賞と柴田錬三郎賞など受賞多数。近著に日本植物学の父・牧野富太郎の生涯を綴った『ボタニカ』がある。

和田 唱（わだ・しょう）

1975年東京都生まれ。ロックバンドTRICERATOPS（トライセラトップス）のギター、ボーカル。ほとんどの楽曲の作詞作曲を手掛ける。アーティストへの楽曲提供も多数。デビュー25周年にあたる2022年、約8年ぶりのアルバム『Unite / Divide』をリリース。著書に父である和田誠との共著『親馬鹿子馬鹿』や、執筆と作曲を担当したCD付き絵本『ばぁばがくれたもの』がある。

しりあがり寿（しりあがり・ことぶき）

1958年静岡県生まれ。漫画家。85年『エレキな春』でデビュー。2000年『時事おやじ2000』と『ゆるゆるオヤジ』で文藝春秋漫画賞、01年『弥次喜多 in DEEP』で手塚治虫文化賞優秀賞、11年『あの日からのマンガ』で文化庁メディア芸術祭マンガ部門優秀賞を受賞。14年紫綬褒章受章。著書『流星課長』『地球防衛家のヒトビト』シリーズ他。

本文デザイン　勝部浩代
編集　村上 薫
髙野容子
暮しの手帖編集部
編集補助　堀口祐子
校閲　暮しの手帖編集部
オフィスバンズ

居心地のいい場所へ　随筆集　あなたの暮らしを教えてください3

二〇二三年五月十六日　初版第一刷発行

編　者　暮しの手帖編集部

発行者　阪東宗文

発行所　暮しの手帖社
東京都千代田区内神田一－一三－一　三階

電　話　〇三－五二五九－六〇〇一

印刷所　図書印刷株式会社

ISBN978-4-7660-0231-7 C0095